启真馆 出品

启真 · 闲读馆

蔬菜之神

[日] 狩野由美子 著

郭清华 译

やさいのかみさま

浙江大学出版社
ZHEJIANG UNIVERSITY PRESS

想要活用蔬菜来做料理，就要从爱蔬菜开始。

对蔬菜不可解的神秘部分充满敬意，并且随时感觉到蔬菜之中有"神"的存在，这就是我在料理蔬菜时抱持的态度。

我认为，蔬菜的"神"和人类的"神"，是相关的。

——狩野由美子

☀ 目录

一、独一无二的蔬菜

二、好料理是无法保存的艺术品

三、料理的秘密

    *本书所载的食谱,并没有注明材料的分量以及完成的图示,这样读者就不会受到束缚,可以依个人的感性,轻松自在地烹调食物,悠游于不知会做出何种滋味的想象世界中。

一、独一无二的蔬菜

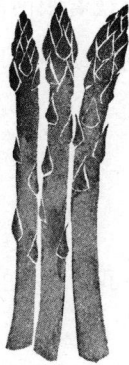

面对大地的恩赐

无名的胡萝卜横躺在砧板上，我像平常一样，从上往下凝视了0.1秒。活了几十年的我，与活了几个月的胡萝卜，在这一瞬间面对面了。然而就在下一瞬间，胡萝卜就要为了我献上自己最后的生命。

在凝视胡萝卜的那一瞬间，我仿佛听到来自自己内心深处的声音："正视自己吧！"于是我遵从内心的声音，不以"厨子"而是以"一个人"的身份，正视着眼前的胡萝卜。对我来说，所谓的烹饪，是"以自身生命的本质，善用自己以外的生命，完成协调性的创造"。

为了完成创造，首先，一定要深切地了解被创造对象的本质。

关于对胡萝卜的理解，在我个人以前的知识与经验里，只有

"麻烦"两个字可以形容。我想说的是，我觉得自己对眼前的胡萝卜其实是一无所知的。于是我排除脑子里的既定概念，集中内心所有的神圣意念，以认真的眼神与胡萝卜的生命对峙。

当手中的菜刀切到胡萝卜的那一瞬间，从胡萝卜散发出来的独特气味立刻刺激了我的嗅觉。在我的身体产生"就要夺走胡萝卜的生命"的紧张感的同时，心里却生出想延续这根胡萝卜生命的心情。那是近乎向上天祈求的心情。

胡萝卜是否察觉到我的心情了呢？因为它好像瞬间露出微笑（正确来说，这只是我个人的感觉而已）。胡萝卜好像接受了我的行为，并且原谅了我，而露出了那么神圣的微笑……

未来，胡萝卜的能量与我的能量会自然地协调同步，一起乘风破浪。

人与人的邂逅，是灵魂的交织。人与大地恩赐的邂逅，是生命的交织。

我会用我全部的人生，正面迎视大地的恩赐。

味噌炒胡萝卜与马铃薯

这是以胡萝卜为主角，非常可口下饭的家常菜。烹调的方法很容易，即使放凉了也很好吃。

用慢火炒胡萝卜，这样可以提引出胡萝卜的甜味与深奥的味道。炒的时候要注意火候的调整，火不能太大，也不要太小。要一边观察胡萝卜的状态，一边以恰到好处的温度翻炒。

胡萝卜、西红柿、红辣椒、橄榄油、麦味噌★、日晒粗海盐、青葱。

一、加热平底锅内的橄榄油，翻炒胡萝卜。慢慢炒出胡萝卜的甜味后，加入西红柿与红辣椒，再煮到西红柿软烂为止。

二、以麦味噌和海盐调味后，再煮一至两分钟，最后撒下切好的葱花。

★编注：以麦曲来发酵的味噌。

享受"烹调"本身的乐趣

"来做某某料理吧！"

被人这么要求时，我总会感到有些困惑。并不是因为我不会做那种料理，而是我并不是抱着"要做什么"的想法来烹调食物的。

"唔……但是，我不知道会做出什么。"我作出这样的回答。

听到我的回答的人，理所当然地露出不解的表情。为了解除那种情况下的尴尬，我只好接着说："但是我一定会做出美味的食物，请期待做出来的食物吧！"

我总是在还没有决定要做什么菜的情况下，就开始进行烹调。

因为脑子里没有特别的想法，所以我能在观察、了解食材的状态下，以柔软的心态来烹调它们。

因为对眼前的蔬菜没有要做成特定菜肴的既定概念，所以能够感觉到蔬菜所蕴藏的无限大可能性。

概念是以过去为基础而形成的东西。然而，概念为什么会形成呢？或许是因为那些社会上已经固定化的概念，能够促成共通的认知，产生稳定作用的功能。

事物的本身原本没有所谓的意义或基准，但为了达成所谓的理想或目标，便生出了对事物评价的标准。

烹调也是一样。

很多人都认为，烹调就是做出已经确定的菜单上的食物。

而菜单又是什么呢？菜单是决定好必要的素材和烹调顺序，并且表示"这是理想的完成作品"的东西。

但是，一旦被"这是理想的完成作品"束缚住，面对眼前的素材时，就很难享受到烹调时的乐趣，也往往很难评价做出来的食物是否真的好。

到底会做出什么样的食物，应该由蔬菜自行决定。作为烹调者的我，只是带着蔬菜到它想去的地方而已。所以，当我完成烹调后，很多时候我自己都会很讶异："哇！原来这个蔬菜可以变成这样的料理。"我想，蔬菜本身应该也很讶异，自己竟然有那样的一面吧！

每棵蔬菜都是独一无二的。当我与蔬菜在某一瞬间同化时，脑子里会闪过一个影像般的东西。或许，我就是在那一闪而过的东西引导下进行烹调的。

我想，我一定是打从灵魂深处喜欢烹饪这件事，所以烹调食材的时候，总是处于忘我的状态。我在烹调的时候，就像处在没有时间、空间的异次元世界里，感觉不到累，也感觉不到想法，完全是忘我地埋头于烹调这件事情中。

这或许就是"活在当下"的意思吧！

昨天、今天、明天。时间从过去不断地流向未来，这是每个人都可以感受到的事情。但是，真正能一直陪伴着我们、与我们分秒相处的，却只有"现在"。所以我认为，因为快乐的事情而忘了时间的存在，便是百分之百的"活在当下"。

我觉得有目的或理想的人生，都不算是有趣的人生，因为那是靠结果来评价失败或成功的人生。那样的人生会产生不安与恐惧，变成不能享受人生过程中的每一件事情。真实的人生里，哪来什么坏事、好事或失败、成功。会产生那样的想法，是因为被人世间的概念所左右了。对即将发生的情况兴致勃勃，享受当下的人生，这种状态下做出来的料理才是最棒的。我一直是这么想的。

豆腐蒟蒻烩饭

这是在煎豆腐的时候，灵光一闪想到的一道菜。

用豆味噌卤煎豆腐时，不妨卤煮久一点。让食材更入味，就会是味道浓郁、风味极佳的好料理了。

家常豆腐、蒟蒻、洋葱、西红柿、大蒜、豌豆、橄榄油、酱油、豆味噌（八丁味噌）、日晒粗海盐、胡椒。

一、加热平底锅内的橄榄油，将切成薄片的洋葱与切碎的大蒜一起放入锅中炒，再小心地加入沥干的豆腐，将豆腐煎至微焦变色。

二、放入撕成小段的蒟蒻与切成大块的西红柿一起炒，然后加入酱油、豆味噌与水炖煮一会儿。

三、加入豌豆快炒两下，再加盐与胡椒调味即可。

沙 烤 地 瓜 点 心

　　我出生在鸟取县沙丘地的专业农户家里，小时候经常被带到田里，陪伴父母工作。沙丘田里的一大片沙地就是我的游戏场所，我总是在那里挖坑、堆沙，玩得不亦乐乎。

　　说到点心，就想到把地瓜或山药埋在沙里，再在上面烧柴火做成的沙烤地瓜。

　　到现在我都还记得，父亲在我面前把烤得黑乎乎的地瓜剥开时，水蒸气和香气一起冒上来的情景。不过，比起烤地瓜，我更喜欢烤山药的香味和白色滑润的口感。

　　虽然已经过了四十几年，但儿时喜欢的东西，到现在也还是很喜欢，所以只要看到地瓜、薯类，就会想起当时的好滋味。

　　如果要在屋子里烤地瓜，那么用铸铁锅或无水锅来烤，都是不错的选择。当然你也可以用烤箱，但会用到两个烤盘。把抹了盐的地瓜放在两个烤盘的中间用高温烧烤即可。另外，也可以把石头排在铸铁锅内或烤盘上。和石头一起烤时，不仅可以增加锅中或烤箱中的蓄热量，还可以让烤出来的地瓜更富自然的风味。

开始缓慢加热之后，地瓜中不能耐热的酵素便会全力活动起来，将地瓜的主要成分碳水化合物糖化，让地瓜释放出具有深度的甜味。不过，经过火烤后，地瓜变软与变甜之间的关系，并不一定是等号。

通常大家都会觉得，烹调的时间要尽可能缩短才好。但是，就像我们心中认为的"有价值的事物总是要经过千锤百炼"一般，经过温火慢烤的地瓜更能展现自己的风味。我甚至觉得，等待地瓜有更好的风味，也是一种美好的经验，一点也不会觉得厌烦或浪费时间，因为那是快乐而奢侈的等待。

慢慢引导出来的单纯美味，具有深度与平衡感，不用添加任何东西来调味就非常好吃了。还有，温火慢烤的地瓜，即使冷了也很美味。

最棒的烤地瓜

　　严选地瓜的种类，并且选用能放射高能量远红外线的烹调锅具，绝对能烤出好吃得让人想掉眼泪的地瓜。

　　我总认为，有钱的话就不要吝惜购置好的烹调器具和好的调味料，因为这种钱是值得花的。

　　地瓜（推荐品种：鸣门金时芋、安纳芋）、山药、日晒粗海盐少许。

　　一、用刷子把地瓜表面刷洗干净。如果地瓜太大，可以切成大小适当的块状，在表面抹上少许海盐。

　　二、把地瓜排列在烤盘上，以另外一个烤盘为盖，放进已经加热到230度的烤箱，大约烤一个小时即可。

以自然治愈力治好疾病

　　小时候，每当我肚子痛或感冒而身体不舒服时，一定会被带到附近的小诊所看医生。

　　那个时候，医生处理的方式总是先打针再吃药，但这种方式却让我的症状更严重，躺了两三天还不见好转。母亲在担心之下，就又带着我去看医生。

　　于是，又再一次打针、恶化……这样反复几次后，连内脏也出状况了，结果治疗了一个月以上才见好转。那个时候认为，生病就只能这样治疗。

　　不过，小孩子也懂得透过经验来学习。所受的痛苦愈大，学习到的就愈多。

　　后来我想到，如果症状并不严重，也没有去医院的话，说不定病反而很快就会好。因为医院给的药未必适合自己，而不适合自己的药，或许比疾病本身更伤害身体的健康。于是即使有时身体不舒服，我也不说出来，只是一味忍耐着。就算被带去医院看医生了，也会撒娇地拒绝打针。就算拿了药，也是假装有吃，实际上却偷偷把药丢掉。

就这样，我很惊讶地发现，我的身体状况并没有因为不打针、不吃药而恶化，而且快的话，不舒服的症状一两天便消失了。当然啦，可以这么做的原因，必定是病痛的症状在能够忍受的范围内。如果是非躺下来休息不可的症状，就不能这么做了。

人体本身就有治愈疾病的自然治愈力。我认为用药或接受医疗手段，只是人体自然治愈力的辅助工具。

所以，若生病的时候没去医院，也不依赖药物，有时身体也会自然好转。况且，万一不幸用到不适合自己身体的药物与医疗手段，还会让疾病恶化。

发烧、咳嗽、流鼻涕、身体发炎肿胀，等等，这些疾病的症状，其实都是身体发动免疫机能，与疾病展开战斗的证明。

开始发病的时候，与其用药物控制发病的症状，还不如提高免疫机能，让自然治愈力发挥最大的能量。

为了提高免疫机能，可以让身体好好休息的睡眠，就比什么都重要了。另外，自然治愈力与肠子的功能似乎息息相关，所以生病时最好吃少量且容易消化的食物，让腹部感到温暖，保障肠子的功能。

我的孩子发烧或不舒服时，我一定会把手放在孩子的腹部三十分钟以上，借着手掌的温度，温暖孩子的腹部。当孩子睡了一觉，出了汗、烧也退了之后，身体的自然治愈能力也就大大提升了。当然，以没有压力的生活方式、没有压力的思考模式生活，再加上健康的生活习惯，每餐只吃八分饱，以及适度的运动，就是不让疾病找上身的最好方法。

船井幸雄先生的健康十法则*，最能引起我的共鸣。在此介绍这十个法则：

一、不要做"劳累的事"。

二、不要让身体感到寒冷。

三、不要吃太多、喝过头。

四、睡眠要充足。

五、做喜欢的事情，不喜欢的事情就不要做。

六、不要作负面的思考。

七、不要执着。

八、要正向思考。

九、每天至少发一次呆，什么也不想。

十、每天都要活动身体，让身心感到舒畅的程度。

★编注：摘自船井幸雄所著，德间书店出版的《激变时代的智囊》。

梅酱粗茶

感冒的时候，疲累的肠胃有时会出现不舒服的状况。此时如果能喝一杯梅子粗茶，就可以让身体暖和起来，提高身体的复原能力，来对抗感冒。

只用梅子和盐腌渍三年以上的腌梅子、以古法酿制并且熟成期长的酱油、姜汁、三年粗茶*。

把腌梅子捣碎，加入酱油和姜汁一起搅拌，再注入温热的三年粗茶汤。

★编注：相对新茶而言，陈放三年较粗老的茶。

豆腐万岁

故乡鸟取县有许多以豆腐为主的乡土料理，例如豆腐竹轮、什锦蔬菜豆腐、粗草席豆腐，等等。据说在江户时代，鸟取城的池田藩主非常节俭，所以鸟取县才会有这么多豆腐乡土料理。

我家也有豆腐料理。豆腐与根茎类蔬菜一起煮的什锦蔬菜豆腐，还有加了煎豆腐煮成的泡饭汤汁，以及加了煮好面条的豆腐面，这些都是我家餐桌上常见的菜色。

尤其是豆腐面。豆腐面加鸡蛋汤，再放上山药泥，就是家父最喜爱的食物，每个星期总会在餐桌上出现两三次。

用麻油煎豆腐的要诀在于锅具。虽说如此，但也不是多特别，我用的就是底部像中华炒锅那样有点圆的锅子。圆底的锅子比较容易煎豆腐。不过，因为煎的时候要用大火，所以锅底总会变黑。煎豆腐时，首先要热油锅，直到锅内的油开始冒烟，才把切好的豆腐下锅。豆腐下锅时，会让油锅爆出巨响，声音大到让人想掩住耳朵。因为会产生这么大的声音，所以有一道煎豆腐料理便被称为"雷豆腐"。用煎的方式烹煮豆腐时，可以把豆腐的味道凝聚在一起，甜味会比较浓郁。因此即使没有搭配鱼类或肉类，煎豆腐料理也能让人得到吃的满足感。

鸟取地方得惠于大山的伏流水★，成就了不少好吃的豆腐。

三朝町的三德山有好几家豆腐茶屋。在茶屋点一份豆腐后，店家端上来的，是大约一块半分量的家常豆腐以及店家自制的酒糟腌山葵菜。用木柴烧煮豆浆，以传统方式制作出来的豆腐味道甜而浓郁，让人可以完全感受到豆腐的美味。

有人说，豆腐具有灵力。还说三餐只吃豆腐，并且持续地吃，就能实现所求的心愿。不过，我很担心只吃豆腐会不会造成营养失衡。鸟取县的三德山是修验道之山★★，据说位于山中断崖绝壁凹处的投入堂，便是役行者以法力从山脚投上去的。从这个传说看来，或许豆腐的灵力并非全然是假的。我觉得天底下确实有很多事情，不是用常理能够解释得通的。

★编注：大山是位于鸟取县的日本四名山之一。伏流水也就是地下河水。

★★译注：日本原有的山岳信仰在受到佛教等外来宗教的影响后，所形成的独特信仰，始祖便是役行者。

味噌酱豆腐

　　豆腐腌渍久了，就会变成像冲绳的豆腐乳那样的食品，那是有如奶酪般美味的佳品。

　　但是，长时间的腌渍中豆腐可能会发霉。要如何避免发霉呢？要诀就是在腌渍前，尽量沥干水分。

　家常豆腐、熟成的麦味噌（买不到麦味噌的话，可以用一般味噌加味淋*来代替）。

　一、先用热开水汆烫家常豆腐，再以厨房纸巾把豆腐包起来。每一块包好的豆腐之间夹上厚毛巾，然后叠放在冰箱的冷藏室中。每天一次，将豆腐取出更换毛巾，以两天的时间来充分去除豆腐中的水分。

　二、用纱布包裹已经去除水分的豆腐，放在麦味噌中腌渍（要冷藏）。从腌渍的第二天开始算起，大约两个星期后，豆腐就会变成好像要溶化的样子，这就是美味的味噌酱豆腐了。

　　★编注：味淋是用米为主料，加上米曲、糖、盐等发酵调味料做成的调味

米酒，在日本料理中应用很广泛，味道比较甜。

有蔬菜的牺牲，才有活着的我们

"蔬菜一经烹调就死了！"我在烹饪教室对学生这么说时，同学们都露出不能理解的表情。

烹调的时候，"蔬菜＝烹调的材料"是我们一般的认知。

在我们的认知里，蔬菜就和纸张或布料一样，是为了制作某种东西而存在的材料，很少有人感觉到蔬菜也是有生命的东西。

但我对学生们说："每一棵蔬菜都长得不一样。你们要仔细看，看清楚！还有，即使是同一棵蔬菜，昨天的样貌和今天的样貌，也是不一样的。"我是想借着这样的话，让同学们感受到蔬菜是有生命的个体。

有些人因为不想杀生，所以成了素食主义者。但是，蔬菜也会因为被切被煮而失去生命。蔬菜为了成为人类的食物而奉献生命的情形，和动物并无两样。

人类活在世上，几乎是以夺取地球上其他生物的性命，来延续自己的生命。因为人类自己无法产生生存的能量，只好吸收别的生命体，来让自己活下去。

而人死亡后，人体的有机物会被土壤中的微生物分解，成为土壤的养分，成为维护所有生命的基础。

人类，也是大生命循环系统里的一员。

生命是有限的，活着的东西一定有死亡的一天，所以生命需要繁衍。不只如此，不管是奉献自己的生命，还是领受别的生命，生命与生命之间，永远是相连在一起的。我一直觉得，"吃"是一种非常神圣的行为，因为"吃"，就是领受了别的生命。

禅宗的僧侣在吃饭之前，有唱颂"五观之偈"的仪式：

一、"计功多少，量彼来处"

即将进入口中的饭菜，是经过许多人的手才完成的。所以饮食之前，应该对成就这些饭菜的人们和孕育食材的大自然，有一份惜福和感恩之心。

二、"忖己德行，全缺应供"

接受食物供养时，应该要反省，自己是否做了对人有帮助的事情，是否有资格领受这些食物。

三、"防心离过，贪等为宗"

进食之际，不可挑选食物，或不满抱怨，或贪恋饮食。此乃贪、瞋、痴三毒，若陷入这三毒，就会堕落地狱、饥饿、畜生等三恶道。

四、"正事良药，为疗形枯"

想到领受的食物是养身的良药，就不应该起贪念、愚痴、愤恨之心。

五、"为成道业，应受此食"

要了解我们领受食物的最终目的是成就道业，所以不可不食。

因此，我们对于食物一定要带着祈祷与感恩之心，"谢谢食物让我们得以活下去"。而且，为了对得起牺牲自己让我们活下去的生命，一定要好好运用我们的生命，时时想到自己能活着，是背负着许多生命的结果。所以说，烹调这件事，与地球的生命是息息相关的呀。

蔬菜叶的辛辣

　　萝卜与胡萝卜的叶子，都含有丰富的营养与香气，一定要善加利用，不可以丢弃。因为处理时没有经过加热的过程，所以叶子所含的酵素和维生素都不会流失。配着白饭或豆腐食用，常吃可以预防感冒上身。

　　蔬菜叶（萝卜、胡萝卜、西芹等的叶子）、日晒粗海盐、酱油、辣油。

一、蔬菜叶切碎后，与少许盐一起搅拌，再沥掉水分。

二、加入酱油和辣油搅拌调味。

一万个小时的领悟

大概还是在上小学一年级的时候，我就开始喜欢烹煮食物这件事了。

因为住在偏远的乡下，附近既没有书店，也没有图书馆，想要拥有一本食谱并不是件容易的事情。无奈之下，我想烹煮东西时，只能照着每月出版的农家杂志《家之光》里的食谱，或是附录在家庭收支簿里的食谱依样画葫芦一番。

后来我到东京读大学，并且结了婚，那是我最能够认真学习烹调、专心做菜的时期。那时的我几乎一天可以看二十本食谱，把附近图书馆里所有的食谱都看完了。

从那个时候开始，我对素食料理或素食主义者的饮食产生了兴趣。不过，基于对烹调这件事的好奇心，不管是肉类料理，还是没有去过的国度的料理，我都有兴趣，所以什么料理的食谱都会看，然后整天待在厨房里，重现书里的种种菜色。

就这样，到了四十岁的时候，我突然发现自己能够自创不是食谱里的菜色，并且了解到我已经确立了属于自己的料理世界，能够开创有自我特色的料理。从小学低年级开始学习做菜直到四十岁，累积的岁月超过三十年。就算平均一天只花一个小时在烹调做菜这件事情上，三十年下来，竟然也有一万个小时以上。

有人说，能够在某一方面成就大事的人，一定是有天生的特殊秉赋。

其实不论是谁，做的是什么事，能够在那件事上持续地进行一万个小时以上，那就一定可以在那件事上有所领悟，进而感到豁然开朗吧。那时也是超越学习的范畴走到了前人尚未走到的路上，踏入能够创造自己领域的时候。

如果能对某一件事持续努力一万个小时以上，一定可以成为那件事上的达人，这是多么值得高兴的事情。但是，事情总是说起来容易，做起来困难。因为，一个随便的想法，是无法让人产生持续做下去的动力的。

不为了得失，单纯只因为喜欢或兴趣而做，是非常重要的。一个人能否成为某个领域中站在金字塔上层的人，或许就在于是否有让自己持续努力下去的内在动机。

自从能够独创属于自己的料理与烹调方式后，我变得不再看别的食谱了。因为经过一万多个小时的坚持与努力后，我发现了一个正在等待我去开发与创造的，无限大又非常自由的世界。

不用借助别人的食谱，也不用检索过去累积的烹调知识宝库，只要一进入烹调食物的动作中，我就能体验到充满光芒、令人雀跃的境界。

我曾想过"我的未来会变成什么样"的问题。答案或许会是："不管我是在哪一条路上得到领悟，都会成为我的人生意义，并且与这个世界的创造原点息息相关。"

鸭儿芹凉拌香菇

　　我第一次边看食谱边做菜，是十岁时的事情了。当时选择做那道菜的理由只有一个，就是我家院子里正好种着香菇和鸭儿芹，不用花钱就可以取得所需要的食材。在铁丝网上烤好的香菇香味与煮鸭儿芹时的香味，如今都还清楚地停留在记忆里。而母亲吃了我做的这道菜后，说的第一句话竟是："这香菇是烤的吗？"

香菇、鸭儿芹、酱油、日晒粗海盐。

一、香菇去蒂后，伞状的那一面翻过来，撒上海盐，一朵朵排在平底锅里。以小火烤到盐溶化就可以从锅子里拿出来，切成适当的大小。

二、把快速汆烫过后的鸭儿芹切成适当的大小，与烤好、切好的香菇拌在一起，然后以酱油调味即可。

饭团的威力

我离过两次婚。面对第二次婚姻时很谨慎，甚至思考了十年，才办了结婚的手续。因为已经经历过一次失败的婚姻了，所以第二次结婚时，我坚定信念地发誓："不管发生什么事，这次无论如何都要和这个人共度一生。"

然而，婚后因为我忙于工作，夫妻总是各忙各的。结婚不到一年，我就发现丈夫有了别的女人。

他经常夜里什么都不说就出门，并且到了天亮还不回来。我问他原因时，他告诉我爱上别的女人了。我从没有想过自己的人生会发生这种事！被无情的海啸摧残的日子，就这么突然地来到。

自己所爱之人，竟然不爱自己！面对这样的现实，我感觉眼前一片灰暗，有生以来第一次觉得"一点食欲也没有"。

我整天哭泣，觉得失去了活下去的力量，一心只想死。

但讽刺的是，打消我寻死念头的，竟是丈夫冰冷无情的话："要不要死是你的事，但是，我可不想被人家说你是因为我而死的。"

他的话宛如一块大石头，朝着已经被推下地狱底层的我丢过来。这样的打击，实在太大了。

不知道为什么，极度的悲伤后，我的内心竟然很奇怪地涌现出力量。

被所爱的人以无情的言语打击，让我在感到绝望的同时，从痛不欲生中清醒过来。我觉得自己的心得到了解放，与生俱来的求生力量慢慢从心底里涌上来。或许，无论在多么暗淡的不安或悲伤里，也潜藏着希望之光。

就像没人知道悄悄生长的茂盛杂草一样，虽然感觉不到梦想，也没有希望，求生的力量却一直都存在于我们的身体里。

求生的力量开始出现后，我感到许久没有的饥饿感。

我抬头看看太阳，觉得天空好美。掉到谷底后，反而产生了要活下去的正面力量，我觉得这是身体很单纯的自然反应。

我突然想吃腌梅子饭团。

在吃到饭团的瞬间，我好像能听到能量从身体中心哗啦啦地流窜到全身每个角落的声音，这股能量让我从绝望的尽头踏出离开的第一步！

终极的饭团

　　若被问到死前想吃的唯——样食物是什么，我想饭团一定就是我的最终选择。不只是因为它好吃，也因为它可以在最后的时候，给我赴死的力量。

🌱 自然农法*米、日晒粗海盐、自家制无农药纪州南高梅做的腌梅子、有明海的顶级海苔。

♪ 一、在米中加点盐，炊煮成白饭。煮饭的水要使用以净水器过滤，并且在阳光下静置两三个小时，吸收过太阳能量的水。

二、手上沾盐，取适量的白饭，把腌梅子放入白饭中，握捏成形。

三、要吃之前再用海苔把饭团包卷起来。

　　★编注：冈田茂吉于1953年所提出的自然农法，是主张让作物、土壤与环境发挥出其本身自然的力量，人力只是从旁协助的耕种法。

我 的 第 一 间 店

　　我的第一家店"狩野屋"是和妹妹合开的，就位于东京的荻洼地区。主要贩卖的食品，是以面粉及天然酵母做成的面团包裹熟素食，再加以煎烤的"煎烤风面包"。

　　煎烤风的素食面包不但有益身体，又简便易食。我们想把这家店变成从日本出发的速食店，异想天开地怀着"打倒麦当劳"、"在全日本每个车站开店"的梦想，得意洋洋地踏出开店的第一步。

　　我和妹妹都不懂得做生意，推出的又是没有前例的独创商品，对未来的事情都只能靠自己的想象。我们没有计算成本，也没有写什么企业计划书，更没有和别人讨论应该如何推销商品。我们以为只要持续以诚心的态度，专心做让人觉得好吃、想吃的食物就可以了。

"新宿的中村屋也是从一家小面包店开始的。再怎么有名的人，都是从默默无闻开始的。加油呀！"

"想让每一个客人都喜欢的话，就必须满足每个客人的希望，那样就无法决定商品的内容了。所以，做会让自己喜欢的商品就好了。喜欢你们的商品的人，自然就会来买。这样做生意就可以了。"

一开始说要做生意时，第一次见面的合羽桥厨具行老板如此鼓励着我们。

像这样没有交情的人，却在初次见面时就给我们鼓舞的情况，每一次都能消解我们心中的不安。他们就像从天而降的天使，给我们鼓励，让我们的内心充满了感激之情。

第一位客人是住在附近的考生，几乎每天都来店里报到。她总是拿着圆筒形的木质便当盒说："请把它装在这里面，这个煎烤面包就是我的便当。"这位考生最后一次来店里时告诉我们，她已经考上心目中理想的学校了，又说："因为学校不在东京一带所以以后应该不会来了。"

带着欣喜的眼泪目送她走出店门，我打从心底觉得，能开这家店真好！因为我的店竟然能够成为某个人的人生加油站，让我非常高兴。

如我和妹妹所希望的，虽然没有宣传，我们的店但却靠着口碑而为人所知。知名度传开后，便有自然食品店来向我们订购商品，生意也渐渐地稳定了。开店一年后，我们卖的面包变成热门商品，被许多媒体报道，全国各地都有人来订购，我们的店也变成了人气商店。

经营狩野屋四年后，我和妹妹去了一趟尼泊尔。在那四年间，我们总计做了两万个煎烤风面包！

味噌炒蜂斗菜梗及白皮洋葱

　　在春季的煎烤风面包中，蜂斗菜梗是不可少的内馅材料。蜂斗菜梗的香气与微苦的滋味，和白皮洋葱的甜味是绝妙的搭配。

　　切碎的蜂斗菜梗会很快变色，所以切好后最好不要冲水，马上就下锅炒。

蜂斗菜梗、白皮洋葱、麻油、味噌。

加热平底锅里的油，先把切成薄片的洋葱炒到微焦，再加入切好的蜂斗菜梗一起翻炒，最后以味噌调味后就完成了。

以食物改变命运

前些日子看过的书里，有这么一段文字：

> 一切皆由饮食而起，并且回归到饮食。懂得饮食秘密的人，就能主宰人生的幸与不幸，并且能够引导世人。不懂饮食秘密的人，就会陷于不幸的困扰，甚至损及生命。[★]

人的身体主要是由食物打造而成。也就是说，我们所吃的东西会改变我们的身体状况，影响我们的性格、行动甚至于命运。

相同的能量会互相吸引，这是能量的法则。所以说，协调的能量会聚集协调性的事物，不协调的能量会吸引缺乏协调性的

★编注：节录自远藤荣子所著，文艺社出版的《救命啊！异位性皮肤炎》。

事物。

人的身体会散发出种种能量。如果散发出的是协调的能量，就会吸引具协调性的幸运；如果散发的是不协调的能量，当然就有可能招来疾病、不平衡，甚至是不幸。

因此，重视饮食，维持一个可以产生协调性能量的身体，是非常重要的。

这十年来，因为经营烹饪教室的关系，我接触过很多学生，也看到许多他们经历的有趣变化。有些人怀孕了，有些人的事业成功了，有些人搬家了，有些人结婚了，也有很多人运气变好了。

由于学做蔬菜料理，并且以营养均衡的蔬菜料理为主要饮食，人的身体产生变化，人生也跟着改变了。身体状况变好的时候，不仅不会招来疾病，还会把好运气吸引到身边。

犯罪者的饮食生活大多很辛苦。如果能以亲手做的均衡食物作为主要饮食，那么性格、生活都会产生变化，或许想法也会跟着改变。

抛弃"只要能吃饱就好"的想法，明白"食物掌握着人生的关键"这个道理，重新看待饮食生活的重要性，那么，世界上就会充满自然而协调的能量。这些就是我对饮食的想法。

早上的蔬菜汁

　　每一日分早晨、中午及夜晚，每个人的一生也都有开始与结束。人生的幼年、青年期就好像一日的早晨，应该吸收能够充沛生命力的饮食；壮年期就像一日的中午，需要吸收能够活泼能量的饮食；中年期是夜晚，要吸收能够支持消化系统，促进身体循环的食物。

　　早上最好来一杯自制的蔬菜汁。不用说，这杯蔬菜汁的材料，当然要使用无农药栽培的新鲜蔬菜。蔬菜汁含有丰富的维生素与矿物质等营养素，而且不需加热便可食用，所以酵素完全没有受到破坏。另外，榨完汁液后的菜渣，也可以加麻油和韩国辣酱炒煮，变成可口的麻辣食品。

胡萝卜、西芹、萝卜、卷心菜、芜菁、油菜、欧芹等。加苹果下去榨的话，口感更好、更顺口。

所有材料经过榨汁机或调理机的处理后，再用纱布绞挤一次。

得不到回报的料理

　　女性想要烹调料理，是因为怀着"哪天可以为心仪的男性烹煮一道好菜"的少女般的梦想。可以印证这一点的，便是情人节的时候，女孩子都想亲手做巧克力蛋糕，送给初次交往的男朋友。

　　对于从小学时代起，就会对着专业级食谱不断尝试的我而言，做蛋糕并不是什么困难的事情。

　　对著名西点店甜点师傅所写的蛋糕食谱，那时候的我想要忠实地重现和店里热卖产品一模一样的蛋糕。我还准备了包装蛋糕的礼盒，模仿名店的包装方式，终于完成了像从店里买的一样的作品。我想象对方看到礼物时开心的笑容，觉得十分满足。

　　到了情人节当天，我捧着装有蛋糕的礼物盒，羞怯地说："这是我自己做的……"

他怀疑地拉开包装的带子，看到蛋糕时，脸上的表情变得不悦，说："为什么要说这是你自己做的？谁都看得出这是谎话！为了表现自己的好而说谎，我不喜欢这种事。"

我一时之间不明白他为什么会这么说。

"可是，这真的是我做的呀！真的，真的是我做的！"

我大声地极力辩驳，却换来他冷冷地回答："够了！"

我的眼泪终于夺眶而出。以真诚的心努力做出来的蛋糕，却得不到对方的信任，而且愈是解释，他愈是不相信。因为做得和甜点店的蛋糕太像了，反而招来误会。

还有别的得不到回报的料理。

我二十四岁的时候结婚，第一次招待公婆来家里吃饭的那天，精心准备了红豆饭、卤煮菜、凉拌白芝麻豆腐，等等。我用心烹调，只希望能合公婆的口味，然而他们几乎都不动我做的菜。因为他们不习惯用高汤和淡味酱油烹调的卤煮菜，而且凉拌白芝麻豆腐这道菜对他们来说，是以前没有吃过的陌生菜肴。

我的心往下沉了，觉得自己好像嫁到文化截然不同的外国。

每个家庭的饮食生活不尽相同，关西和关东的饮食生活差异，竟然宛如两个不同的国家。★

★编注：关东口味偏重，关西往往很清淡。这是日本人经常提到的关东、关西差异之一。

在婚姻生活里，我花费心思与时间所烹调出来的菜，同样也没有得到丈夫的赞赏，让我常常对自己的努力感到后悔与灰心。

有一次我买了新鲜的竹荚鱼，细心处理鱼肉后用醋泡渍，做了笹寿司★。结果丈夫却一口也不吃，让我难过得想哭，也对这桩婚姻感到后悔。

丈夫喜欢吃我不擅长的西式料理，像是汉堡或奶油炖菜等。年轻时的我却总以为，自己心中的理想料理便是婚姻生活中的理想料理。我被这样的想法束缚住，所以对与理想不符的现实感到无止尽的失望。最后，我只好和这个男人离婚了。

婚姻应该是全然地接受对方，两个人共同生活在一起后，才慢慢成为夫妇的。这是经历两次失败婚姻的我的觉悟。可是，我还是不懂吸取教训地认为，至死都要共享一张餐桌的生活伴侣，如果能够在饮食上有相同的喜好，那是多么让人欣慰的事呀。

★译注：用长型小木箱"押箱"辅助制作的寿司。

白芝麻、豆腐拌栗子与烤菇

　　小时候母亲做的凉拌菜，几乎都是凉拌白芝麻豆腐。

　　那时家里的厨房里永远都有钵和研杵，帮忙研磨芝麻就是我的工作。以豆腐为底的白芝麻凉拌菜，总是像母亲一样，充满了让人怀念的温柔滋味。

生栗子、蘑菇（舞菇、香菇、丛生口蘑等一至三种）、日晒粗海盐、豆腐、白芝麻、白味噌。

一、以热水浸泡生栗子数分钟后，去掉外壳与内膜，放在阳光下晾晒一日，以引出甜味。准备一个有盖的厚锅子，把晒干的栗子放入锅中，加上少许海盐以及相当于栗子三分之一体积的水，然后盖上锅盖以小火焖煮。栗子变软后掀开盖子，用大火把剩余的水烧干。将栗子切成适合入口的大小。

二、把切成容易入口大小的蘑菇排在平底锅内，撒少许盐在蘑菇上，盖上盖子焖煮。

三、先用钵研磨芝麻，然后加入沥干的豆腐、白味噌及少许海盐，再用杵研匀这些材料。最后，拌入前面煮好的栗子和蘑菇即可。

我的家常饭菜

我平日的基本饭菜，便是米饭、味噌汤及酱菜。

我吃的米饭来源，是朋友以自然农法精心耕作种出来的米。炊煮前先以精米机处理，再用三分米*和曝晒了一天的水，及少许粗海盐一起炊煮。不知道为什么，用经太阳晒过的水煮出来的米饭特别甜，特别温暖。

我吃的酱菜基本上有腌萝卜与腌梅子。

腌萝卜是用盐及米糠来腌渍的，让日晒过的萝卜经过长期的熟成、乳酸发酵而成；腌梅子则是以娘家栽种的无农药梅子，由母亲亲自用日晒粗海盐与紫苏腌制成的。

★编注：三分米是将糙米削去十分之三外皮后制成的健康米。削的越多，分数越高，越接近精米。

此外，京都的酸萝卜、咸菜和高山的腌红芜菁，也都是我的常备酱菜。这些酱菜都是不使用化学调味料，只用盐进行乳酸发酵的食品。我的家常酱菜里偶尔也会出现只用盐腌制的酸野泽菜和腌白菜。

我特别爱乳酸发酵的酱菜，别人觉得酸得无法入口的东西，偏偏是最合我口味的食物。酸性的酱菜含有植物性的乳酸菌，能帮助肠胃蠕动，对身体有很大的好处。

我家喝的味噌汤，是用母亲做的味噌煮成。从小母亲都会在每年冬天做好足够吃一年的味噌，所以我们家都不吃外面卖的。我觉得用母亲做的味噌煮出来的味噌汤，是天底下最美味的。

不论什么蔬菜，切成细丝以后加入味噌汤中，都会变得好吃。味噌汤是蔬菜的百搭王，加满了当季蔬菜的味噌汤，就是一道丰富的下饭菜。只是加了味噌，一锅平淡的汤就像被施了魔法般，变成风味柔和而协调的味噌汤。

不只萝卜和马铃薯可以当作味噌汤的汤料，莴苣、小胡瓜、花椰菜、黄瓜、西红柿，等等，都可以加入味噌汤中。

除了味噌，加豆乳、酒糟，或是加奶油、切碎的芝麻、核桃到汤里，都可以增加汤味的浓郁。

还有，日本料理中有加花椒嫩叶、削薄的柚子皮等吸口★到

★译注：加在汤里，增加香气的芳香佐料。

汤里的烹调手法，一般的味噌汤也可以添加当季吸口来提高汤的层次。鸭儿芹和葱是常见的吸口，其他如田芹、楤蜂斗菜梗、木芽、山土当归、水芹、胡萝卜叶、萝卜叶，等等，都可以成为加入汤中的芳香佐料。只要能提升香气，添加什么菜都可以。如果是香菜、青辣椒这种特殊香味的植物，汤的味道就更具变化性了。只是把季节性的香气加到味噌汤里，就可以有幸福的感觉。

由于味噌汤里多了蔬菜，餐桌变得热闹了。若是家里有正值成长期的孩子，也可以在味噌汤里加鱼、肉等料理。

夏天的冷味噌汤

　　味噌汤也可以喝冷的。炎热的夏天里来碗冷味噌汤，会觉得特别清爽可口。至于增添香味的吸口，推荐使用襄荷，也可以添加日式芥末、寒造里（日本新潟妙高市特产的辛香料酱）、七香粉、辣油，等等。

茄子、小黄瓜、味噌、研磨芝麻、高汤、襄荷。

一、茄子的皮烤到焦黑后去皮，切成适当的大小后放凉。小黄瓜从头横切，轻轻用盐揉搓，挤去水分。

二、味噌里掺入研磨过的芝麻，慢慢加入冷高汤稀释后倒入容器中，再加入茄子与小黄瓜，最后撒上襄荷。

死 的 医 疗

　　我在二十五岁左右时，邂逅了"伊藤热能自然疗法"。

　　当时的我对临终护理深感兴趣，还独自摸索学习要如何护理即将往生的人。

　　治疗的基本目的就是要治愈疾病，让身体恢复健康。但是对于已经走向死亡的病人，我认为与其进行疾病的治疗，还不如进行减轻病人的疼痛、让病人的身心感到安适的照护。

　　"伊藤热能自然疗法"是医学博士伊藤金逸于1929年发明的，据说是博士在进行断食冥想时想出来的。这种疗法是将线香插入两支名为"冷温器"的筒状器具里然后点燃以艾绒为主体的线香，借着线香产生的温度来温热冷温器的前端，然后用冷温器的前端给予全身皮肤温热的刺激。

　　人生病的原因，可以说是紧张引起的。环境与生活习惯造成了我们身心的压力，压力不断累积的结果，是让身体渐渐陷入紧张的状态，终于引起体液循环的障碍，于是人便生病了。

热能自然疗法的温热可以舒缓身体的紧张，让人体自然治愈力的效果发挥到极限。认识了"伊藤热能自然疗法"后，我马上进入圣伊藤热能自然疗法学院学习，并且取得了疗愈师的资格。

虽然没有实际利用这个方法来照护过临终病人，但我却因为觉得自己在面对他们时有能力施予适当的照护而感到安心。

对我来说，病人愈是自己心中无可取代之人，到了最后的那一瞬间，就愈会排斥以治疗为根本的医疗行为。

如果说死亡是谁也避免不了的事情，那么，何必在人生的最后还和死亡缠斗不休呢。虽然死亡是难以忍受的悲伤之事，但为何不能像对待毕业一样，以鼓掌的方式来欢送人生的结束呢。至少我希望自己能够这样。

让我们降临到这个世界的生产行为中，生产者和被生产者都需要相当多的能量。

因此我认为，我们要离开这个世界的时候，一定也需要很大的能量吧。

我确信"伊藤热能自然疗法"的温热能量，是我们离开这个世界时，可以帮助我们的能量。

从疗愈师同伴们的口中，我听说了临终患者在"伊藤热能自然疗法"照护下的情形——他们就像睡着了似地离开这个世界。

临死前喝的水

　　临死之前要喝的水，这可是非常重要的。水可以清洁肉体，解放身体里的灵魂，提高能量的层次。我死以前，一定要准备好临死前喝的水。

能喝的泉水、可以活水的石头（药饭石、天降石、水晶，等等）、日晒粗海盐。

一、把石头放到泉水里泡一整夜，让泉水变成活水。

二、在水中加少许盐，一边念八回"谢谢、爱"，一边用干净的筷子向右搅动泉水。然后把水装入瓶子里，从满月的子时开始，置于月亮与太阳下二十四小时。

至寂之夜的奇迹

从小我就是一个超级胆小鬼，晚上不敢自己一个人上厕所，总是要叫醒妹妹，求她陪我一起去。同时，我还是一个比别人更害怕寂寞的人。独自一人时总是睡不着觉，所以从七岁到十五岁，家里养的猫就是我的睡觉伙伴。

直到现在我才明白，特别容易觉得寂寞的原因，其实源于自己。可是，以前的我总觉得，自己的寂寞是别人造成的，没有人可以帮助我解除寂寞，我实在太不幸了。

因为我有那样的想法，所以因果报应，让我必须独自承担教养孩子的责任。

那是在从工作场所走回家的路上。从早忙到晚的工作让我觉得身心疲累全身无力，整个人像一条破抹布，内心的寂寞与不安都达到最高点。

我觉得自己的生命力，就像燃烧殆尽的蜡烛最后的火焰。

就在那个时候，突然有一道美丽的光芒温暖地围绕着我。有人握着我的右手，或者应该说，我觉得好像有人握着我的右手，因为事实上我身旁一个人也没有。

但正因为觉得有人握着我的右手，所以我心里油然生出让人怀念的、喜悦的、安心的奇异感觉。这感觉让我泪流不止。

在我边流眼泪边走到家之前，那不可思议的手一直握着我的右手没有松开。虽然周围明明没有别人，我却一直觉得有人陪伴在我身旁。

"会一直和你在一起的。"

"放心吧！你并不孤独。"

我甚至觉得听到了这样的声音。

从那一刻起，我变得比较坚强了。一想到有个无形的存在就在周围支持着我，我放心了。既然是无形的存在，这个存在就没有所谓的离去，也不会消失。

并非只有眼睛看得到的东西才是存在的。我觉得，任何人身边都有眼睛看不到，却一直在身边、一直保护着我们的人。

温暖心灵的萝卜汤

萝卜有疗愈心灵的能量，是蔬菜界的天使。

汤的甜味如果太重，很容易激化人的心情，所以要让心灵休息时，喝一碗只有蔬菜的滋味、简单又有深度的汤，是最好的。

冬天的萝卜味美，很适合煮汤。若是冬天以外的季节，则可以加入切成薄丝的洋葱一起炒，然后再煮成汤。

萝卜、干萝卜丝、米、橄榄油、日晒粗海盐。

一、稍微加热锅子里的橄榄油，将切成不规则状的带皮萝卜和一把米，一起置入锅中慢慢炒。

二、加入少许干萝卜丝与水，将萝卜煮到软。

三、用调理机搅打，让食材变得容易入口，再加盐调味即可。

二、好料理是无法保存的艺术品

在尼泊尔生活的每一天

　　1999 年至 2000 年，我和妹妹在尼泊尔从事建设环保饭店的工作。那时我们住在距离加德满都约五个小时车程的波卡拉，那里有美丽的湖泊，还可以看到喜马拉雅山的景观。

　　好像是为了把电力卖给印度，尼泊尔每周会停电两至三次。停电虽然给我们的生活带来麻烦，但是靠着蜡烛或月光的生活，刚开始也还觉得新鲜有趣。尤其是满月的日子里喜马拉雅山脉散发出的青白色光芒，充满了神秘的气氛。

　　我和妹妹买了脚踏车，骑在路面坑坑洼洼没有红绿灯的马路上，自由自在地与牛、羊、鸡、人共行。

　　印度制作的脚踏车，链子很容易脱落。每次一脱落，就会有两三个陌生的路人过来帮忙，把链子调整好。有时在路上散步的时候，也会受到陌生人的邀请，请我们去他们家里吃饭，接受印度教节庆的招待。

我们和尼泊尔的人一样，也去菜市场购买食用的蔬菜。当我们会说尼泊尔语后，就能够以更便宜的价格买到蔬菜了——只要一百日元，就可以买到足够一个星期食用的蔬菜。

那里的蔬菜种类大致上与日本差不多，有西红柿、马铃薯、茄子、萝卜、花椰菜、卷心菜、胡萝卜、菠菜、葱，等等。大部分蔬菜是自然栽培而成的，虽然样子不漂亮而且个头小，味道却很足够。

为了适应在尼泊尔的生活，我们雇用了一位女大学生作为帮手，碰巧她是个素食主义者，所以餐桌上每天都有用蔬菜做的咖喱料理。和我在日本吃的不一样，她做的咖喱味道很清爽，是香料调味品用得不多的汤咖喱。

尼泊尔有多种稻米，其中名为巴思马堤（Basmati）的小颗粒米特别好吃，我尤其喜欢。

尼泊尔称套餐为"达八"，达八的内容包含豆汤、两到三种咖喱、酱菜、沙拉和饭。我到附近的餐馆吃达八时，餐盘内的菜或饭吃完后，还可以无限量地添加到吃饱为止，花费也只要八十日元左右。

曾经生活过的异国街道的气息，给我留下深刻的记忆，那印象至今还留在我的身体里。每次喝到豆汤，波卡拉的街道气息就会在我的脑海里复苏。

尼泊尔风小扁豆汤

　　和日本的味噌汤一样，小扁豆汤是尼泊尔人每天餐桌上不可或缺的菜色。尼泊尔人以小扁豆汤佐以盛在铝碗里的米饭食用。他们不使用汤匙，而是用手高雅地将食物送进口中。但对我们来说，用手吃饭还要吃得好看，实在不是件容易的事情。

小扁豆、芥子油、孜然种子、姜黄粉、日晒粗海盐。

一、小扁豆加水煮到变软。

二、小锅里放芥子油、孜然种子一起爆香，再放入姜黄粉，然后加入前面煮软的小扁豆一起搅拌，最后加盐调味即可。

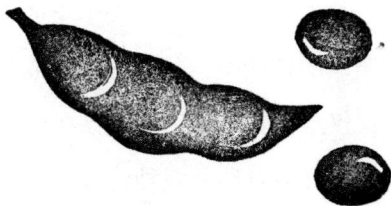

野草赞歌

小时候经常到田里帮忙除草。田里的野草虽然矮小，却长着密密麻麻的细毛根，可以蔓生到相当大的范围，要拔除它们还真是一件苦差事。把除下来的草全聚集在一起时会发现，它们大部分都是根，难怪野草的生命力这么强了。一边触摸着杂草一边嗅着草的气味，会突然觉得一股强大的生命力从内心深处涌上来。

即使是在东京，也可以感受到野草强韧的生命力。它们在柏油路的缝隙中长大，在只有一点点尘土的屋顶上努力生长。虽然是在受不到照顾的环境中，却仍然茁壮成长的生命，亮眼得让人无法忽视。仅仅是看到那种生命的存在，就能让人生出勇气来。

不管如何配合大自然去栽种，我觉得人类种出来的蔬菜，怎样都敌不过靠自身生命力成长的野生蔬菜。只靠自身的力量在自然界中自我成长的植物，其蕴含的能量是无法计算的，这与自我、愿望、感情等条件完全无关。没错，可以说野草就是神栽种的东西。

所以，很多野草也是药草，例如艾草、蕺菜★、蒲公英、山白竹、鸭跖草、水芹，等等。这些野草除了可以用于民俗疗法，还可以用于蔬菜沙拉生吃，也可以水煮后以凉拌的方式食用，更可以油炸。只要吃一点拥有丰富香气的野草，就可以让身体恢复到调和的状态，人也会变得有精神。

我想创立素食料理餐厅"菜怀石仙"时，就希望能以无农药的蔬菜为食材，也希望能够尽量使用在自然环境下生长的野菜为食材。除了野草外，山上自生自长的野菜、蘑菇，和海中自然生长的海藻等天然植物，不仅对我们的身体有好处，各具个性的独特风味也丰富了我们四季的餐桌。

春天的野菜以微苦的蜂斗菜梗为首，还有山土当归、木芽、鸵鸟蕨、山蒜、红叶笠、漉油★★、笔头菜、鸡儿肠、魁蒿、虎杖、艾麻……尤其是深山里融雪后长出来的山菜野草，其无暇的味道与香气，真可以说是人间极品。

"菜怀石仙"刚刚开始营业时，每逢周末我都会到长野和新潟的县境交界山里采摘野菜。我会一边感谢山神的恩泽，一边留

★编注：即鱼腥草。

★★译注：漉油是金漆木的新芽，和红叶笠一样，都是日本特有的品种。

意不要过度采摘，这样才能分次领受山的恩泽。

把从山里采摘回来的野菜带进厨房后，我依旧会带着虔诚的心，谨慎处理野菜个性强烈的风味，让野菜成为细腻而有深味的食物。

五加*饭

　　将完美的野菜汆烫、剁碎，加盐调味后，只要与米饭拌在一起，就成了香气扑鼻、风味独特的野菜饭了。五加饭可以说是野菜饭中最好吃的一种，总是能让我回味无穷，因为这种魅力，每年我都一定会做五加饭。

五加新芽、日晒粗海盐、米饭。

一、用加了少许盐的热水快速汆烫五加新芽，然后放进冷水中冷却；沥干水分后剁碎，加盐调味。

二、与米饭一起搅拌。完成。

★编注：五加是一种灌木，可入药。

一切皆因神的创造而存在

　　水、阳光、泥土、空气、植物、动物、人类、地球、宇宙，等等，皆因神的创造而存在。我一直都是这么认为的。人所创造出来的概念之类的事物，以自我与欲望为基础，其实只是一种短暂的约束。

　　无论是出现在神话里的诸神，还是地球的历史，在浩瀚的宇宙洪流之中，都只是渺小的草芥。宇宙从地球诞生之前就已经存在，今后就算是地球消失了，宇宙也还会持续存在。

　　不管是宇宙还是时间或次元，都非常浩大，那是现在生活在地球上的我们所无法理解、也想象不出来的没有境界的大。我们的语言所能表达得出来的"大"，在那种浩瀚之前，渺小得可怜。

　　有一件事情是可以肯定的。那就是，所有的一切都来自造物主，因此，所有的事物都息息相关。而且，就是现在，我们是确确实实地活着的。

只有像人类这样会用脑袋思考、有自我意识的物种，才会问"活着的理由是什么"这种问题。花啦、鸟啦，这些物种不会去想那种问题。它们虽然什么也不想，却确确实实地活着。即使不明白生存的理由，它们体内的能量仍然存在，并且周而复始逐渐扩大，变化成造物者事先也没有想象到的种种形态。

每天早上醒来时，我都会对自己生存的世界的一切生出感激之情，然后深深呼吸，吸取满腔的能源，期待这一日也和之前的每一天一样，与存在于世上的一切共同创造当下的每一刻。

不论是谁，每个人的人生都有终结的一日。那一日或许是今天，也或许是十年后。不过，不管是今天、明天还是十年后，我们绝对拥有的，就是眼前。所以我觉得，一定要珍惜无可取代的当下，把握当下而活，然后在结束当下的时刻，带着喜悦之情前往下一个世界。

享用美味的空气

　　我曾经在二十几岁时，学习过"西野流呼吸法"。从那以后，我便会经常下意识地进行这种呼吸法。我会慢慢地吐气，然后从脚尖吸入空气，让气环行体内。西野流呼吸法认为，吐气比吸气更重要。慢慢地吐气可以活化身体的各个角落，吐完体内的气后，空气自然就会由脚尖进入身体里。

早晨的空气。

一、在天亮前起床，穿着宽松舒适的衣服外出。理想的地点是靠近山麓、河畔或海边等充满大自然气息的地方，但是如果去不了那样的地方，阳台也是不错的选择。

二、花十秒以上的时间慢慢地吐气。放松身体，让自己的身体委身于宇宙之中，与宇宙相通，好像融入宇宙一样，吐尽积在肺里的空气。

三、一边用鼻子一点点地吸入空气，一边想象空气从脚尖进入身体，经过小腿、大腿爬上背部来到头顶。接着，让体内的空气从脸部往下走，来到腹部下方的丹田，然后慢慢地吐气。如此这般，周而复始地呼吸。

好料理是无法保存的艺术品

　　正月的时候，我接受美食家朋友的好意，享用了四人份要价16万日元的年节料理。那是京都著名料理亭名厨以最好的食材精心烹煮而成的食物，是人类挑战食材所完成的至高无上的艺术品。

　　那些食物超越传统的精致之美与风味，真的让人十分感动。

　　与其把金钱投注在可以保存的有形物体上，我觉得会消失的东西更有价值，更值得投注金钱。

　　被誉为一流的料理进入我的身体后，就像杯中的美酒一般在体内慢慢熟成。就算刚吃的时候没有感觉，我认为，之后一定也会和体内敏感的艺术性结合的。

　　从学生时代开始，只要手头宽裕，我就会到处去找好吃的，不管是怀石料理、意大利菜、中国菜，还是各种民族风的食物，全都是我尝试的对象。需要预约的有名餐厅或名厨的店，更是不会错过。

就像在美术馆里看梵·高的画一样，我也会把厨师们了不起的作品烙印在脑子里，然后慢慢地去回味每一件作品。

好料理是无法保存的艺术品。

尽管一道好料理可以留下食谱，却无法记录食物本身。一旦被吃下肚，食物的形迹就会消失无踪。

食物和乐器或画材不一样，没有固定的声音或颜色。就算是同名的料理，即便用了相同的食材，做出来的成品也是每次都有些微的不同。所以说，我们吃的每样东西，都是一生当中只会遇到一次的食物。

不只料理如此，这个世界上还有很多东西是无法保存的。

使用了石头或金属的东西，可以以遗迹的形式保存下来，但是地球上还有非常多无法留下形体的了不起的艺术或文明。尽管它们不能以历史的形式被认识，却仍然会存留、刻画在某个人的DNA中，成为地球的记忆，被确实地记忆着。

我觉得正是托此之幸，人们才能奇迹般地不断酝酿出进化的技术或艺术。

我所创作出来的东西即使消失了，也会以某种形式永远地留传，并且会进化，最后终将与艺术联结吧。

松蘑的卡布奇诺

泡沫般的汤在一瞬间绽放出香气，然后在吃进口中的一瞬间消失，是梦幻般的美味。这是需要集中所有神经一起品味的汤。

松蘑、橄榄油、豆乳、昆布高汤、日晒粗海盐。

一、用橄榄油翻炒切成薄片的松蘑，加入昆布高汤后煮两三分钟。

二、再放入豆乳一起加热，注意不要加热到沸腾。以盐调味。

三、放进调理机搅打起泡，快速地倒入杯中饮用。

我发明的洋菜蛋糕 *

读小学的时候，我曾经想过"如何帮助处于烦恼中的朋友"之类的事情。当时还很幼稚的我，脑子里确实存在着"要怎么做，才能让人不悲伤"的问题。

就在那个时候，我从正在阅读的书中看到一篇文章，文中写着："吃着甜甜圈的人，不会有悲剧性的人生。"我已经忘记那本书的书名了，但是至今却都还记得那篇文章的内容。因为那篇文章，让我有"啊！是吗？"的醒悟。人一吃到觉得美味的东西，就不会感到悲伤了。

于是我买来甜点的食谱，照着书里写的，一个细节不漏地做出种种甜点。除了饼干的食谱外，书里也有牛奶糖、面包、甜派

★编注：洋菜也就是琼脂。

的食谱。我把做出来的甜点小心地包装起来，送给了朋友。我的朋友虽然没有因为这些甜点而不再悲伤，但是至少在吃甜点的时候，脸上有着幸福的表情，我也因此感到开心了。

当我开始制作对身体温和，又不使用砂糖、鸡蛋或乳制品的甜点时，总是很难做得合心意。因为对身体有好处而强迫自己去吃的甜点，不能称之为甜点。我认为如果缺少使人展现笑容的魔力，那就不是甜点了。

不使用鸡蛋的蛋糕如果不用很多油脂的话，就做不出浓郁的口感。要做饼干或蛋糕时，若想减少油脂类的用量，就必须使用大量的面粉，但结果却让成品变得硬实，不易嚼动。因此我一直在思考，如果想做出近似入口即融的蛋糕，除了使用面粉外，还有什么材料可以帮助蛋糕定型。

某天我经过一家芝士蛋糕店门前时，脑子里突然灵光一闪：只要按照做芝士蛋糕的要领，不就可以办到吗！

也就是在少量的面粉里加上洋菜粉，然后让加热煮过的面粉与洋菜粉冷却，就成了蛋糕了。洋菜粉是含有丰富食物纤维的海藻，绝对是对身体健康有好处的食材。这样的蛋糕里还可以添加甜甜的水果或甘蔗、南瓜等食物。

洋菜蛋糕的配方无限多，每一种都深受顾客的喜爱。现在每个星期我都会做不同种类的洋菜蛋糕。

南瓜水果洋菜蛋糕

　　这是像烤南瓜布丁一样的奶油蛋糕。蛋糕里添加了巨峰葡萄或苹果后，会更加好吃。

　　蒸熟的南瓜、豆乳、枫糖浆、洋菜粉、面粉、菜籽油、泡过白兰地的葡萄干、当季水果。

　　一、将葡萄干与水果以外的食材全部倒入食物调理机中，充分搅拌均匀。

　　二、把葡萄干加入前项材料中，混合后倒入模型。以水果装饰后放入中温烤箱烘烤，冷却后便固定成型。

食谱是如何诞生的

出了好几本食谱之后，便常有人问我："你怎么想得出这么多做法呢？"

老实说，我的食谱并非一再试做或一想再想之后的作品，几乎都是突然灵光乍现的东西。

虽然很难说明灵感闪现的过程以及产生的原因，但是我模糊地觉得，这是在有特定条件的情况下才会发生的。

至于灵感出现的条件，我认为，首先是必须全然忘记过去的经验。不仅必须忘记失败的经验，成功的经验也要全部忘记才好。

如果不能忘记过去被称赞的光荣事迹，就会被那些称赞束缚住，阻碍灵感的来源。希望脑子产生以前没有的点子时，最好的方法就是把过去的成功经验忘得一干二净。

唯有摆脱过去，才能得到自由，才能进入"空"或"无"的状态。"空"或"无"的状态并不是什么也没有。正因为"无"，所以才会产生"有"。我认为"无"是创造之源，是像海一样的存在。

通往创造之海的道路，可以称之为"直觉"。透过直觉所产生的意念，或许就是所谓的灵光乍现。

为了让自己处于"空"、"无"的状态，通常我会把自己逼入绝境。

就像火灾时人会发挥无比的力气，在脑子停止思考的刹那间，通往直觉的路会突然畅通。象征创造之海的门乍开，灵感就闪现在脑海里了。

然而这种要先把自己逼入绝境的方法，会导致人不到最后就提不起干劲，什么也不做，所以我不会公然推荐大家这么做。

人是用头脑思考的动物，时间愈多就愈会产生不安感。事先拟定计划固然是一种安全的做法，但却很容易做出不好也不坏的作品。那样的东西当然不可能出色了。

当然了，灵光乍现这种事不会发生在刚刚开始学习烹调的时候。

必定要是经过长时间学习食谱，照着食谱一个一个地做，才能够累积足够的经验，了解种种食材的特征，熟悉种种气味，懂得组合各种食材，明白何种调味料会做出何种滋味。

有了足够的经验，才能在不知不觉中丰富创造之海，成就灵光乍现的基础。

最近每次见到父亲，他都会问我："你的题材快要用完了吧？"

因为我已经出了二十本食谱了，父亲担心我题材用尽，恐怕会陷入事业上的窘境。

但是，请放心吧！灵光乍现的东西是不会枯竭的，反而好像是愈用愈多。

"爸爸，我完全没有问题，我的题材是无止境的。"

然而听到我的回答时，父亲似乎认为我只是像平常一样在逞强……

夏季蔬菜冻

　　用水煮蔬菜，在菜汤中加入洋菜，再施以佐料，然后添加柚子醋，就是非常适合夏季食用的熟食"蔬菜冻"。在缺乏食欲的夏季，煮的蔬菜让人不想动筷子，但这道灵感食谱的蔬菜冻，却会让人食指大动。

南瓜、水煮玉米（粒）、西红柿、秋葵、菜豆、昆布高汤、洋菜粉、酱油、日晒粗海盐、佐料（生姜泥、蘘荷或切成细丝的绿紫苏、葱花）、柚子醋。

一、把洋菜粉、酱油、盐加入昆布高汤中烹煮，待煮到味道比一般汤稍浓后，将切好（容易入口的大小）的蔬菜放进高汤中加热，沸腾后转小火再煮二至三分钟。熄火后将菜汤倒入搪瓷盆中，稍微冷却后再放入冰箱的冷藏室中凝固。

二、把已经结冻的蔬菜冻从搪瓷盆里倒出来，放在盘中，撒下佐料，淋上柚子醋。

累积经验是非常美好的事

　　小时候我很不想长大。害怕自己会被世俗污染，所以希望可以一直这样不谙世事。那是我对成长这件事感到不安所产生的心理。

　　虽然现在已经四十几岁了，但我的本质和十几岁时的一样，并没有改变。我相信即使到了八十岁、一百岁，我也会和现在一样。心是不会老化的。

　　不过，随着年龄的增长，我觉得好像愈来愈能放心地过自己想过的日子了。我想，能够这样必定是因为有了人生经验的累积后，发现了会让自己不安的原因，并且能够从更宽广的角度来看待人生吧。

　　与其瞻前顾后、想东想西，还不如实际付诸行动；后者较前者更能成为心灵成长的粮食。昨日之前还感到厌恶的事物，今天不仅能接受，还能以充满感激的心情去对待。如果能够做到这样，那么，痛苦或悲伤的事情自然不会来按门铃。

烹调食物时也一样。越有经验，就越能够毫不犹豫地调整加热的时间，或是调味料的多寡。料理时心中有犹豫或不安，就烹调不出稳定的食物了。

我的祖母很会用鲷鱼骨熬出美味的汤，祖母的女儿们——也是就我的姑妈们——为了重现那样的美味，会站在祖母旁边，用同样的材料和祖母做相同的汤。但是姑妈们烹煮出来的味道，就是和祖母不一样。

虽然重复地做了好几次，谨慎地调味，也小心地注意火候，烹煮出来的味道还是不一样。我觉得这是没有掌握"关键性的一刻"的关系。所谓"关键性的一刻"，并不是知道在什么时候要用多少调味品，也不是知道在什么时候该如何控制火候，而是累积经验之后，知道该在什么时候做什么事。那是一种感觉，而感觉属于神的领域。

还有，靠着长期累积下来的经验，即使是烹调过程中有非常细微的部分，也不至于被神经忽略，可以完全掌控烹调过程中的大小事项与流程。要同时处理好几道菜的时候不仅要能谨慎地完成每一道菜色，还要让套餐有协调性的味道，这时靠的就是最重要的"感觉"。要同时兼顾极小及极大的部分，除了依赖经验外，别无他法。

我想到人们常说的一句话："与其学习一件事，不如习惯一件事。"

青椒纳豆盖饭

　　我在烹饪教室教学生用青椒做菜时，店里便放着很多买来的青椒。来店里的客人看到堆积如山的青椒，便问："这么多青椒要怎么处理呢？"

　　青椒有独特的气味，或许有些人因此不太能接受青椒做出来的料理。其实，用生青椒做出来的简单料理带着特殊香味，还相当适合在夏日食用呢。

青椒、纳豆、绿紫苏、青葱、酱油、日晒粗海盐、辣椒粉、米饭、海苔。

一、青椒切成细丝，撒上海盐让青椒丝变软。纳豆先加酱油与辣椒粉拌匀，再加入青椒丝一起搅拌。

二、碗中盛饭，把适量的前项材料铺在饭上，再撒上海苔、紫苏、葱花。

我的毛病

我的两腿有股关节脱臼的宿疾。

在我出生三个月后接受健康检查时，便发现患有先天性股关节脱臼的毛病。虽然因此动过几次大手术，但这个毛病并不影响我如今的日常作息。

因为动过手术的关系，两条腿上留有 20 厘米以上的手术疤痕。去澡堂洗澡时经常听到旁边的人对我说："你好可怜呀！"我个人虽然对腿上的疤痕一点也不在意，但在旁人的眼中，那疤痕却好像是严重疼痛的记号。

因为是治不好的宿疾，所以即使情况有所恶化，我也只能在感觉腿部不舒服的情况下，继续每天必需的作息。因为我从来没有腿部完全健康的生活经验，所以对我来说腿部有不舒服的感觉，反而是一种正常的状况。就像有些人的眼睛大，有些人的鼻子小一样，我对自己的腿部宿疾就是这样的感觉。

因为只要多走动或拿重物，腿就会发出疼痛的信号，所以我对那样的疼痛已经习以为常了。

就读初中和高中时，我经常在放暑假或春假期间住院动手术。接着就有半年的时间无法行动自如，必须拄着拐杖才能走路，所以我很会用拐杖走路。当我提到要用拐杖走路时，周围的朋友总会露出惊讶的表情。

手术后要面临的，就是持续数日令人会痛晕的剧烈疼痛。想想看，腿上的肌肉被切开，用刀子在股关节的骨头上进行切割，如果这样还不觉得痛，那才奇怪。

一般而言，疼痛时注射或服用止痛的药剂，是很正常的医疗行为，但偏偏我对药物过敏，只能使用药效很快就会消退的药。我对疼痛的自我防卫之术，就是让神经摆脱自己的身体。换个说法便是想尽办法把注意力从疼痛这件事上挪开。这样的话，就可以摆脱疼痛的折磨了。

住院的时候，经常可以看到医生、护士、复健师、社工、清洁人员、看护、同样住院的病人、来探病的访客，等等。能够和这些平常不会见到的各种人说说话，我觉得很有意思。我在医院里受到这些人的照顾，三餐有人打点，睡得也安稳。这让我感到，如果没有疼痛的话，生病住院似乎是还蛮不错的事。

一旦觉得住院是一件愉快的事情，一生病就会想住院。虽然这个例子举得不好，但这样的心态或许和反复犯罪被关进牢里的人是一样的。

平常的生活里，似乎每个人都过得忙忙碌碌，每个人也都显得很渺小，若不是生病或犯了罪，基本上不会引起别人的注意。

我住院的时候，母亲常常来探望我，每次都会问我想吃什么或想要什么东西。平常母亲是不会对我说那些话的。

于是我便毫不犹豫地回答："想吃松露。"

松露汤

　　生长在沙丘上松树林沙地下的日本野生松露，有着丰富的香气。我从小就非常喜欢松露，所以每到春天和秋天就会去松树林采摘。小时候一次总可以采回满满一篮，但最近环境变化，好像变得不容易采摘到松露了。

　　素食料理常常使用昆布高汤。为了得到美味的昆布高汤，需要抽取昆布的甜度，最为重要的便是要注意温度。我常常使用保温瓶来维持 65 度这个微妙的温度。味道浓烈的罗臼昆布或味道高雅的利尻昆布，都是制作昆布高汤的好材料。

松露、罗臼昆布、鸭儿芹、日晒粗海盐、酱油。

一、把 20 克罗臼昆布放在 65 度的一升热水中浸泡一个小时，做出昆布高汤。

二、烹煮昆布高汤，加入松露，以盐、酱油调味，最后撒上鸭儿芹。

蔬菜所拥有的能力

美丽的绿色油菜、光泽鲜艳的红椒、形状美好的洋葱、样子可爱的蚕豆……

烹调之前，把各种蔬菜排列在篮子里，光是看着它们就让我觉得精神饱满、疲累全消。我总觉得蔬菜不用烹调成料理，只是把它们放在身边，就能带给人们很好的影响。

蔬菜美丽的颜色可以作为色彩治疗之材料，香气可以作为芳香疗法的材料，外形可以作为艺术治疗之用……蔬菜所拥有的魅力，实在不是简单几句话就可以说完的。

阳光、大地、水。这些不仅是地球的基本要素，也是让蔬菜成长的元素。蔬菜身上集合了天与地的能量，并且将两者协调地融合在一起。

从营养的角度来看，蔬菜含有维生素与食物纤维，对我们的身体有很大的帮助；从能源的角度看，蔬菜还有一种很稳定的能量，那是可以与宇宙调和共存的能量。所以我不仅觉得吃蔬菜对身体好，还觉得蔬菜可以有效地提高人类的自我意识。

因为蔬菜，人与天、地有了联系，所以我总是下意识地想多吃蔬菜，让自己更强烈地意识到生存在宇宙之中的意义。

蔬菜的能源或许就是宇宙的一种智慧，早在人类诞生之前，就拥有存在于地球上的基因。

为了问自己为什么活着，为了与自己深沉的内在对峙，我认为蔬菜是我们不可欠缺的食物。

烹煮素食料理时，我对自己有一个基本的要求，就是为了取回各种蔬菜的灵魂之力并与宇宙维持联系，一定要平衡地使用下列各种食物：

七种基础食品★

一、宇宙的力量：全颗粒谷类。

二、太阳的力量：绿色或黄色的蔬菜。

三、月亮的力量：根茎类的蔬菜。

四、大地的力量：豆类。

★编注：节录自北山耕平所著，太田出版的《自然的课程》。

五、大海的力量：海产类。

六、火的力量：种子或坚果类。

七、星星的力量：果实类。

薯类的芽

　　老家的玄关有一个花盆，盆中的水里有一个甘薯，甘薯上冒出许多嫩芽。薯类非常奇异，本身就像卵或种子一样，可以孕育出新的生命。

　　甘薯、芋头等薯类。

一、把薯类对切，切面朝下浸在 3 厘米深的水中，慢慢就会长出新芽，生出茎与叶。

二、偶尔要加水、换水，照顾一下。

　　不要丢掉从胡萝卜或萝卜顶端切下来的茎部，只要把它浸在水中，就会慢慢长出新的茎。新长的茎可以当作观赏植物，也可以细切后加入味噌汤或一般的汤中食用。

透过烹饪进行学习的理想学校

烹调食物与我们生活中的所有事情都息息相关。

烹调本身可以训练一个人的手部动作，还可活化头脑；决定菜单则可以强化策划能力和创造力。从学习采购食材到烹调食材、收拾善后等家事，就是学会让自己安排家计、管理家人健康状况、整理家庭环境。此外，饮食这件事与环境、农业、经济、国际关系、流通、文化、传统、风土、植物学、医学、药学、营养学、化学等种种学问，都有相当的关联，因此可以从饮食上学习到许多事情。

我认为，学校应该把烹饪这门学问列为必修的课程。低年级的小朋友应该停止学科课程，只要学会烹煮饭菜就好了。还有，所有的学校都应该拥有种植作物的田地，让孩子们自己种植蔬菜与稻米，并亲自烹煮自己种植出来的作物。如此不仅可以学会烹饪的基础，也能学会基础的农作或基础营养学。

学校不提供伙食，让孩子每天都吃自己做的便当，这样不是很好吗？买菜和烹煮的技巧里就隐藏着算数与理化的学习；研究食物装盘或开发菜单，则是训练孩子们对艺术的敏感度。

学习认识食材可以说是学习植物基础知识的开始。明白了植物的基础知识后，慢慢地也可以了解生态系统，甚至学会从采购到贩卖的社会运作。随着学年的增长，再逐步引入药学或化学、医学等专业性的知识。我认为，这样的学习就可以了。

学习烹煮食物的技巧、学会与烹煮食物相关的种种事项，就可以自行管理好一辈子的健康问题，更可以透过饮食的问题思考社会或环境的现象，让自己拥有独立生存的基础。经过这样的学习所得到的知识，将会成为一辈子无可取代的宝物。

这样的尝试将对社会有不可估量的影响。所有人从小就学会烹煮食物的话，女性就可以无负担地踏入社会。大家也会少生病，减少因为饮食偏颇而造成的乖僻个性。如此一来，不也可以降低犯罪率吗？

我曾经在烹饪教室里对学生们说过上述的话。他们对我的话都表示认同，还有人一脸认真地对我说："老师，我非常赞成您说的。真希望有这样的学校，我会让我的小孩去这样的学校就读。老师如果是政治人物的话，我一定会投老师一票！"

　　为了每个人人生的独立与幸福，我衷心地希望所有人在还是小孩子的时候，就拥有烹煮食物的能力。

辣南瓜子香松

切开南瓜，取出瓜囊中的籽，把通常会被丢掉的籽好好地留下来，因为籽的营养价值非常高。大部分籽可以拿来吃，剩下的可以在干燥后试着种在土中。

南瓜（已经在田里完全成熟的南瓜）、橄榄油、大蒜、红色辣椒、日晒粗海盐。

一、南瓜对半切开，取出子，铺在箩筐中曝晒一天，让籽干燥。

二、把橄榄油和切碎的大蒜放入平底锅，以小火炒香，再加入南瓜子与红色辣椒一起炒，并且加盐调味。

三、用调理机打碎炒好的南瓜子。

炒欧芹

这道菜充分使用了平常只被拿来当作陪衬的欧芹。

切碎的欧芹只要一加热，就会散发出温和的味道。欧芹可以储放在冰箱的冷藏室中，要吃时，像青海苔粉一样撒在米饭或意大利面及汤上。营养丰富的欧芹真的非常好用！

欧芹、橄榄油、日晒粗海盐、红色辣椒。

一、欧芹切碎后，用橄榄油炒到软。

二、加入盐和切成小粒的红色辣椒。盐只是用来调味的，加一点点就好。

料理蔬菜就像照顾孩子一样

我觉得，烹煮蔬菜很像在照顾小孩。

蔬菜的美味要如何烹调出来，并不是取决于加热几分钟那种刻板的烹调方法，因为每一种蔬菜变好吃的时间不一样。香味是蔬菜"已经变好吃了"的信号，在变好吃的信号出现前，要有耐心地等待。这就像相信孩子的可能性一样，每个孩子都是世界上独一无二的一朵花，要耐心地守护，等待开花时刻的来到。

我觉得煮食不是烹煮指定的菜色、指定的味道，或一定要用什么食材，而是在享受烹煮的过程，做出自己事先没有想象到的好料理。这样的烹煮行为，就像不以理想的框架限制孩子，不以又忧又喜的心情抚育小孩一样，而是与孩子共享他们无可取代的短暂成长过程，开拓出孩子唯一的人生。

我和蔬菜"交往"的时间虽然不短，对于蔬菜的事却还远远称不上非常了解。我并不认为"不了解＝不安，了解＝安心"，反而觉得，正因为是不了解、不明白的东西，所以就像是一座蕴藏丰富的宝山，存在着许多可能性。面对自己的孩子时也一样，不要认定孩子一定是什么样的性格，或是一定有什么专长。孩子还有很多没被发现的面向，要相信他们有无限大的未知可能性。

所以，在烹煮食物的时候，我总是倾尽全力试着让手中的食材发挥它们的能力。

我们必须一边倾听蔬菜的声音，一边引出蔬菜潜在的魅力，才能开发出蔬菜的种种可能性。

例如，当蔬菜对我发出"想要煮更久"的信号时，即使菜已经煮得失去原有的形状、汤汁变得浓浊，我也觉得没有关系，就继续炖煮下去吧。

不久之后，煮得失去原形的蔬菜就会暴露出隐藏在中心的味道，融化在煮出来的汤汁里，成为一道味道美好的汤品。

若我一心想着要保有蔬菜美丽的形状并且避免汤色浓浊的话，就绝对烹煮不出这道味道奥妙的汤了。

如果能让每一种食材发挥自己最大的能量，即使不去压抑食材原有的独特甜味或香味，也可以煮出具有协调性的不可思议的好滋味，成为味道深奥的好料理。

同样的，教养孩子的时候如果能让孩子发挥自己的潜在能力，不以世俗的方向或压力去要求他，我想，每个孩子都能自立，继而成就和平的世界。

全蔬菜浓汤

只用蔬菜烹调，就能做出如此甘美的味道，真是一道令人感动的汤品。烹调的重点在于要有耐性地把蔬菜煮到软烂。请一边听着喜爱的音乐或阅读喜爱的作家的书，一边以轻松的心情等待一道好汤的完成吧！

马铃薯、西芹、胡萝卜、卷心菜、长葱、洋葱、橄榄油、日晒粗海盐、胡椒。

一、用深的炖煮锅加热橄榄油，先炒切成薄片的洋葱，再一一加入切成小块的蔬菜一起到锅里炒，最后加水，炖煮整锅蔬菜。

二、充分炖煮好后，加盐与胡椒调味即可。

人应该吃什么好？

"你不吃肉或鱼吗？"常有人这样问我。

在二十几岁的时候，我曾经有三年的时间几乎只吃蔬菜。不过，现在我常常吃乳制品或鱼、蛋类及本土鸡肉。

很多人认为不吃肉或鱼会造成蛋白质吸收不足，进而影响身体健康。但是，并不是吃肉才会长肉；牛只吃草，却能长出牛肉，制造出牛奶。

我曾经遇到出生后就完全不吃动物性食品、只吃植物性食品的人。那个人从来不知道肉或鱼的味道，却仍然拥有和一般人一样的健康身体。

还有，我读过一位数十年来不吃所有食物，却还活着的澳大利亚女性写的书。这种只靠光而活着的人，好像被称为"食气者"（Breatharian）。

我认为，人类的身体比我们想象中更神秘。

家父曾说，他见过的人当中最健康的长寿老人，是个不吃米饭只吃新鲜鱼肉的人。

所以家父认为，那些什么营养学、素食主义都是很可笑的事。

我觉得世界上没有任何一样食物是保证吃了之后就一定会健康的。平衡而协调的饮食才是最重要的。只要自己的肉体与精神能够与进入口中的食物保持协调的平衡状态，那么即使没有吃或吃了什么东西，都应该能够维持我们的身体健康。

依据居住地方的土地、季节，还有个人的体质、年龄、工作、习惯等的不同，应该吃什么才好的答案，也会有所不同。

我养的猫身体不舒服的时候，会好几天不吃东西。而肚子不舒服的时候，它就会把胃里的东西吐出来，自己跑出去找草吃。和人比起来，我觉得动物似乎更懂得照顾自己的身体。

不要滥用欲望或知识。如果能够倾听自己身体真正的声音，那么就可以凭直觉知道自己当下需要的食物是什么。

我认为"不吃"也是一种重要的饮食方法。觉得太累的时候、季节交替的时候、压力太大的时候、烦恼的时候，如果什么都不吃，就不会无端浪费消化的力量，胃肠可以得到休息，也提高身体复原的能力。

阳光水

　　什么都不吃的时候，最好在大自然的环境下完全放松自己，一边呼吸新鲜空气，一边散步或睡个午觉。

　　如果很难做到一整天不吃，那么只是不吃晚餐也是有效果的。在断食的时候，可以喝因为晒过太阳而温温的"阳光水"。

水、香草茶用的混合药草。

一、早上将水与香草装入玻璃瓶中，放在户外让水变暖和。大约晒五个小时后，就可以饮用了。

二、把晒好的阳光水移入保温瓶中。

喜欢蔬菜的独特个性

很多人以为，既然工作是烹煮蔬菜，我一定很喜欢吃蔬菜吧。然而事实是，我从小就极度偏食，对食物的好恶非常鲜明。

我不仅不爱吃所有的蔬菜，也不爱吃肉、鱼、蛋、牛奶、豆腐、饭和面包。

还不只是不喜欢而已。有些蔬菜因为有独特的气味或特殊的苦涩口感等特性，被很多人讨厌。所以，为了不影响到高汤或鱼、肉的味道，一般都会先对蔬菜进行剥皮、汆烫或泡水等去除特殊个性的准备工作。

以前我也是这样的。刚开始学习烹饪时，我就是一边看着食谱，一边很理所当然地去除蔬果的皮。

直到接触了"大自然长寿饮食法"（Macrobiotics），我才明白了"一物全体"的道理，知道烹煮蔬菜时，应该要完整地使用蔬菜的每一部分。因为接触了"长寿饮食法"，我也才注意到蔬菜的特殊个性，其实就是蔬菜的魅力所在，而它们几乎都存在于被舍弃的皮中。我对自己竟然没有烹煮出素材的魅力愕然不已。

炒牛蒡不加高汤或砂糖就不好吃的原因，无非是因为牛蒡在烹煮的过程中泡过水，失去了原有的味道。只要不经泡水就下锅炒，就可以做出甜味独特的炒牛蒡丝了。

如今我的想法是，正因为拥有独特的个性，蔬菜才好吃。唯有不把个性视为缺点，才能让蔬菜发挥其魅力。这是我现在烹煮蔬菜时，非常重要的思想态度之一。

能够显现蔬菜个性的地方，通常是蔬菜的色素或是皮的部分。它们含有被称为"植化素"的非营养成分，拥有独特性的机能，可以提高免疫系统的作用，还有抗氧化、强化身体代谢功能、调整荷尔蒙的平衡等作用。另外，似乎也有抗癌的效果。

最近常听到诸如多酚、花青素、西红柿红素等，它们都是植化素的一种。

利用蔬菜的特性来烹煮食物的想法，并不仅是为了让蔬菜变得更好吃，更是为了让我们的身体健康。

不过，比起利用蔬菜的特性来烹煮，我更喜欢用有个性的蔬菜来料理。比如芹菜或豆瓣菜，虽然不被许多人喜欢，但是个性鲜明，正是我喜欢烹调的蔬菜。

就在改变对蔬菜的态度的同时，我发现自己在人际关系的态度上也产生了变化。所谓"我讨厌的类型"的人已经不存在了。我很讶异地发现，以前让我感到不舒服、个性太过强悍的人，现在的我竟然会觉得，那样的人其实还蛮可爱的。

到底怎么样叫作喜欢，怎么样叫作讨厌呢？喜欢、讨厌的基准在哪里？又是如何评价的？不管是蔬菜还是人，每一种菜、每一个人都是不一样的，也都是好的。只要能卸下既有的概念，不管什么蔬菜都有其魅力，都有其可口之处。

牛蒡酱蔬菜沙拉

做生菜沙拉时，若能在莴苣、小黄瓜、西红柿等口味温和的新鲜蔬菜里加一些有个性的蔬菜，在口味上取得整体的平衡，就能完成一道味道奥妙的生菜沙拉了。

能够引出牛蒡极限风味，像香草酱汁一样的牛蒡酱，是一道值得推荐的沙拉佐酱。

莴苣、迷你西红柿、豆瓣菜、山茼蒿的叶子、芹菜、牛蒡酱（牛蒡、油醋汁、日晒粗海盐、酱油、柠檬汁）。

一、蔬菜切或撕成适当的大小，置于容器中冰镇。

二、将牛蒡剁碎，立刻用橄榄油炒熟，然后加盐与酱油预先调味（绝对不要先将牛蒡泡水）。等牛蒡冷却后，加入喜欢的醋、油、少许柠檬汁、盐，做成牛蒡酱。将此酱汁与前项的生菜混合后，就可以上桌了。

三、料理的秘密

启动自然饮食的契机

就读高中的时候，有两件事成为我开始自然饮食的契机。

其一，是我读了语文课本里来自有吉佐和子女士所著的《复合污染》一书的文章。因为父母都务农，所以当我了解到自然农法时深受震撼，觉得脑袋好像被人重重地打了一拳似的。

我一直以为，农家使用化学肥料和农药是理所当然的事情，但在知道使用化学肥料与农药对人类会产生什么样的影响后，我有一种"自己的父母犯了滔天大罪"的感觉。好像被神叱责了一般，我觉得自己必须担负起地球受到污染的责任。因为自懂事以来，我就有"宁可被任何人责备，也不想被造物者谴责"的心态。

在考虑到效率、金钱之前，应该先考虑效法自然界，用能够与自然协调的方式种植蔬菜与谷物。我认为这才是作为人类应有的行为。

其二，我在家政科里，上了有关食品添加剂的课程。我读的高中原本是男校，所以没有家政科的实习室，但是刚从大学毕业的新任老师施了苦肉计，以"对今后的女性有好处的内容"为主题，像在大学授课般为我们开了与食品添加剂有关的课。

以前我对食品添加剂全然不知，但在知道食品添加剂的可怕后，不禁感到愕然，想把以前吃的东西全部吐出来。上完和食品添加剂有关的课，回到家里后，我便马上检查储放在家中的所有食品。不用说，那些有问题的食品最后统统被我丢进垃圾桶了。

为了更了解食品添加剂的危害，我研究了这方面的书，还把这方面的知识传授给妹妹。从此以后，我们姊妹俩都成了完全自然食物的拥护者。

不过，不可思议的是，我的同学们却几乎都不记得上过那样的课。后来我再去询问，才知道那位老师的食品添加剂课，据说只有那么一次。正因为我成长于农家又喜欢烹饪，所以才会让高中时的一堂课改变了我的人生。

腌渍野泽菜

　　市面上贩卖的酱菜，通常都使用了很多食品添加物。但如果是自己腌制的话，因为可以斟酌使用蔬菜与调味料，不仅能做出合口味的酱菜，还能吃得安心。

　　我会在霜降的时候，透过网络购买野泽菜进行腌制。腌制时，使用的蔬菜量愈大，腌制的状态与温度就愈稳定，也愈容易腌制成功。

野泽菜、日晒粗海盐（蔬菜量的 4%）。

一、将野泽菜洗干净，根切成块。放在太阳下一整天晒干。

二、把野泽菜整齐地排在容器底部，撒上薄薄的一层海盐，上面再排野泽菜，然后再撒盐。这样的动作重复数次后，用渍物石压在最上面。一天后，野泽菜会慢慢生出水来。在水分淹没野泽菜前去除水分，然后盖上盖子存放在阴凉的地方。以冰温的方式保存，到翌年春天就能吃到美味的腌渍野泽菜了。

盐渍樱花

市售的盐渍樱花很多，但是我想带着延长樱花短暂生命的心，亲手做盐渍樱花。就算只用盐当调味料，也能做出令人喜悦的盐渍樱花。

开七分的八重樱、日晒粗海盐、红梅醋。

一、轻轻地清洗樱花，擦掉水分，放在通风的阴凉处晾干一天。

二、将晾干的樱花放入搪瓷或玻璃容器内，撒上樱花全部重量三成的海盐，用保鲜膜覆盖在樱花上，再压以重物，腌渍两天。

三、轻轻绞掉水分后，倒入刚好淹没樱花的红梅醋，换上新的保鲜膜，再以重物轻压腌渍。一个星期后，倒掉水分、撒满盐，存放在冰箱的冷冻库内。也可以放在冷藏库里，但冰在冷冻库中比较不会变色。

日本调味料的优点

　　味噌与酱油都是使用大豆与盐、曲等发酵而成的日本独特的调味品。经过长时间发酵后，大豆上面的微生物便开始发挥功能，酝酿出甜味、浓醇度和香味。我觉得因为日本拥有利于微生物容易发挥功效的温度与湿度，才能发展出这样的调味品。

　　即使在做咖喱酱、西红柿酱、奶油酱或意大利面酱等西洋风味的调味酱时，我也会加入味噌或酱油作为"隐味"和原本的素材一起炖煮，酝酿出浓醇与香甜的口感。使用味噌或酱油不仅可以缩短烹调的时间，还可以让烹煮出来的食物有更深奥的滋味，真可以说是调味料之宝。

　　像大豆这么简单的食材就可以酝酿出深沉、复杂的滋味，有如葡萄可以酿造出美酒一样，充满了魅力。

　　集合了无数食材完成的欧洲白汤或调味酱的美味深度，与只用一种素材所产生的美味深度是无法相比较的。但是，只用一种素材就能生成有深度的美味酱料，更让我感受到其中所蕴含的无限魅力。

发酵是微生物活动的结果，像自然之神所施展的魔法一样，让一种简单的素材产生了无限的美味。

味噌或酱油可以缓和蔬菜的个性，让任何蔬菜都能变得美味，是调理蔬菜时少不了的调味酱，和白饭也是绝配。

基本上，味噌适合加热的根茎菜类，酱油适合叶菜类。另外，味噌也适合能够生吃的蔬菜。

还有，就像用味噌腌过再烧烤的食物或用味噌炒过的饭一样，加热后的味噌或酱油会产生些微的焦香味，可以引起食欲，让人觉得食物更加美味。

我也会把日本的调味料作为做甜点时的隐味。

只需搅拌就能完成的巧克力蛋糕

　　这是一道像变魔术一样，只要把食材搅和在一起就可以完成的巧克力蛋糕。其做法虽然简单却好吃到会让人觉得很幸福。也因为加入酱油作为隐味，所以有些微烧烤过的风味。

　　粉末状煮汤用的麦麸或面包粉、可可粉、黄豆粉、无糖花生粉、芝麻馅、切碎的葡萄干、切碎的杏仁、枫糖浆、白兰地、酱油、豆浆。

　　一、先把豆浆以外的所有食材搅拌均匀，再加入适量的豆浆，让混合后的所有食材能够凝结在一起。酱油只要些微就足够，千万不要加多。

　　二、把凝结在一起的食材做成自己喜欢的形状，或利用模型来造型做成圆的松露形状。

我的烹调教室

小学六年级时，我写了一篇名为《梦想未来》的作文。我的梦想是成为烹饪教室的老师。

"菜怀石仙"请我担任主厨时，我要求"菜怀石仙"的厨房也能作为我的烹饪教室使用。我希望"菜怀石仙"开店的同时，它的厨房就是我教授烹调素食料理或纯蔬菜料理的烹饪教室。

于是乎，我小学时的梦想在三十七岁的时候实现了。

在烹调的过程中，蔬菜的用法经常被定型化，被误以为那就是蔬菜料理的全部。但长时间以蔬菜为烹调对象的我，非常了解蔬菜的魅力所在，并且一直希望能让更多人了解蔬菜无尽的魅力。

近在身边的蔬菜，有着非常深奥的内涵。我们可以借着烹调，将以前未曾被发掘的蔬菜的种种滋味，逐一地展现出来。

"每一种蔬菜的魅力都非常深奥，不是三言两语就可以道尽的。就像各位身上一定也还有很多没有被自己发现的魅力。每个人都一样，穷尽一生的努力也看不清楚自己的全貌。人不管到了几岁，都会看到新的自己，成就以前不能完成的自己。"这是我对学生们说的话。发挥蔬菜的魅力和发挥我们本身的魅力，是一样的事情。

我在烹饪教室里教学生们，与其确实地按照食谱烹饪，不如自由快乐地构思如何烹调蔬菜。

不管是多么好的指导，都隐藏着可以再进步的可能性。而我们学习到的东西里面，蕴含着指导者内心的喜悦。我认为回报指导者的最好方法，就是让学到的东西变得更好。

所以，我会把数十年来体会到的心得全部教给学生。虽然有人告诫我"把压箱宝都拿出来教，一定会被抢走饭碗的"，但是我交棒给学生们，就是希望他们能够走在我的前面。我一点也不介意他们青出于蓝。

我常教学生们做可以放在冰箱冷藏的家常菜，虽然是冷的食物，却也可以很好吃。我总是对学生们说："常备菜是救世主！"

人心情不好的原因，并不是那个人的个性问题，很多时候是因为肚子饿了。

吵架、自我防卫时，在向对手说出自己不经思考且会伤害对方的话之前，最好先想一想："那个人，是不是肚子饿了？"

我认为，人如果能在回家后三分钟内吃到好吃且对身体有益的三道料理，那么这个世界就太平了。

　　烹饪教室刚开始的时候，我曾经担心自己走的会不会是一条孤独的道路，但是在进入第十年的今天，每个月都有来自全国各地甚至是来自海外的人到我的教室学习烹饪，我不再担心了。

山药泥汤

　　烹饪教室曾经教授只用一种蔬菜，就完成从前菜到甜点的全餐。这个受到学生好评的课程便是山药全餐。

　　我的娘家虽然不是专门种植山药的农家，但我却对如何烹煮山药充满了兴致。山药有独特的黏性，可以生吃也可以加热煮食。它不仅没有苦涩之性，还带着甜甜的滋味，可以成就多到数不清的菜色。山药泥可以直接做成西式浓汤，这是很容易就想得到的一道料理。纯白的山药泥汤味道高雅，用小玻璃器皿盛装起来非常漂亮，可以当作前菜。

山药泥、橄榄油、酒醋、洋葱、日晒粗海盐、虾夷葱或细葱。

一、洋葱切碎，快速地泡一下水后拧去水分。把洋葱、橄榄油、酒醋、盐等放进食物调理机里搅拌混合。

二、山药泥分次一点点地加入前项的材料中一起搅拌混合。

三、放凉后，就可以盛入容器，再撒点虾夷葱。

了解蔬菜的真滋味

分辨好吃与否的味觉或嗅觉，是人类的原始本能。

据说，从前人类的嗅觉可以分辨出一万种气味，但如今我们的嗅觉能力大概只有以前人类的两成。不，或许更少也说不一定。

我持续在做的事情，其实就是人家说的："品尝蔬菜的原味。"

缓慢地感受蔬菜的香气，入口那一瞬间的味道与口感，以及蔬菜在嘴巴里扩散时的滋味，这些就是我现在面对蔬菜时严肃而重要的课题。

无论面对何种蔬菜，首先都要那样细细品味蔬菜的滋味，再从品味出来的滋味中找出烹调的灵感。

我也希望能够尝试生吃各种蔬菜。生吃蔬菜时会发现，有些蔬菜竟然有意想不到的美味。但也会发现，有些蔬菜因为太有个性，而让人难以下咽。

但蔬菜的个性就是蔬菜原本的面貌。我希望能够品尝无数种蔬菜的滋味，将那些滋味积存在脑中，再以我的方式加以分析、整理。这些积存在我脑子里的滋味经验，就是我创作新料理的原动力。

蔬菜通常都是加热后才食用，但生吃也很美味的蔬菜之中，我认为最好吃的前五名是：栉瓜、白花菜、山茼蒿、土当归、西兰花。此外，荷兰豆、甜豆、蚕豆、龙须菜、玉米等，则是收成后甜味会逐渐减少的蔬菜。如果可以在收成后立即食用，它们的甜度一定会让大家大吃一惊的。

生吃的话，不仅不会有蔬菜加热后维生素流失的问题，还能维持各种酵素的功能，帮助身体的消化和代谢。

不要把蔬菜加热到 46 度以上，并且在蔬菜酵素还具有活性的情况下食用蔬菜，是非常健康的饮食法，也是可以治疗疾病的生食疗法。

栉瓜西班牙冷汤（Gazpacho）

　　这是一道著名的西班牙冷汤。生栉瓜味浓且甜，非常适合作为西班牙冷汤的主角。

栉瓜、特级初榨橄榄油、白酒醋、日晒粗海盐、胡椒、切碎的洋葱、意大利欧芹。

一、把除了洋葱以外的其他食材放进调理机中搅打。

二、切碎的洋葱稍微泡水后沥干，与前项材料混合，再撒上意大利欧芹。

海藻是我们的祖先

地球上最早出现的生物是藻类，那是海藻的祖先。至于人类的祖先，如果无止境地往前追溯，结果就会和海藻一样。当然了，如果更深层地追溯到天地开创之始，那么，所有物种的祖先都是一样的吧。

所以我认为，生活在与宇宙调和的海洋中的海藻，拥有太古时代的记忆，是地球上的贤者★，远比人类更有智慧。

日本的四面都是海洋，其中生息着种类繁多的海藻。从很久以前起，海藻就是日本人的食物。我出生成长的鸟取，其乡土料理中，就有很多用到海藻。

★编注：贤者是一个日语词汇，概念来自英文 wise old man，重在指有智慧之余年龄也非常大。此处与汉语中的"贤"有区别。

我家在靠近海边的地方，每天早上会有很多海藻被浪打上岸，所以我从小的兴趣不是采集昆虫，而是采集海藻。就像押花一样，我会把采集来的海藻做成标本，调查它的名字，分类整理起来。

　　想吃海藻时，我就会去采集疑似可以食用的海藻，先生吃试试味道，然后带回家加入味噌汤中，享受海岸的香气。

　　家母做的菜里，除了经常可以看到的海带芽★、海蕴外，也常看到鸡冠菜、石莼、仙菜等海藻。利用像海苔般的干燥海带芽所做成的"板海带芽"或"仙菜"，是山阴地方★★独特的海藻吃法。我把这样的食物放进餐厅的菜单中，它们也是我日常饮食中常吃的。

　　海藻的香味或营养，就像深海的怀抱一样安定了我的身心。它们与平日的身体健康息息相关。我认为海藻具有了不起的力量，比我们现在所了解的更为深奥，因为人们对海底的了解还是非常少的。

　　我相信未来人们还会发现海藻的新营养成分，而且一定能了解，海藻具有消除疲劳、镇定心神的伟大功效。

★★编注：海带芽就是日本料理中常见的裙带菜。

★★编注：指日本本州西部面向日本海的鸟取县、岛根县一带。

涮新海带芽

　　我最喜欢的海藻料理，便是涮新海带芽。把刚采上来的新海带芽放入热水中，原本褐色的新海带芽很快会变成鲜艳的绿色。刚涮好的新海带芽，其香味与口感好吃到令人感动。

　　早春的鱼市里经常可以看到新海带芽。与生鱼一样，最好当天就吃完。如果无法当天吃完，可以用热开水烫过后冷冻起来。

新海带芽、柚子醋、佐料。

一、把生海带芽切成适合入口的大小，在陶锅的沸水中快速涮过。

二、依个人喜好调出柚子醋佐料，用来沾涮好的新海带芽。

仙　菜

　　仙菜是故乡鸟取在节庆时不可缺少的海藻料理。它是仙菜科的海藻，像寒天一样，加热后会溶化，遇冷则会凝固。和其他海藻相比，含有更丰富的食物纤维、糖类和氨基酸，是有独特香味的高级海藻，被视为长寿食品而广受欢迎。干燥仙菜就是山阴地方的特产。其他诸如可以做成海藻冻的石花菜，也是属于仙菜科的海藻。

干燥仙菜、酱油、姜。

一、洗净仙菜，去除尘沙，泡水3个小时。

二、仙菜和水一起放入厚锅中，以25克仙菜兑3杯水的比例，边加热边以木汤匙搅拌。沸腾后，转小火再煮至少10分钟。

三、倒入搪瓷容器内冷却凝固。

四、切成1厘米厚的块状，沾着姜与酱油一起吃。没吃完的可以保存在冷藏室中一个星期左右。

盐是蔬菜料理的基本调味料

　　我们的身体里，有 0.7% 是盐分。人要活下去的话，一天至少需要吸收 1 克盐。我们的血液、汗水、眼泪里都有盐，盐可以说是我们的身体不可或缺的物质。

　　自古以来，盐就是世界各地烹调食物时的基本调味料。如果说盐的使用足以决定食物美味与否，一点也不为过。

　　盐的种类有许多，不过，我们常使用的食盐大致上有两种：一种是使用海水制成的海盐，另一种是在山里开采的岩盐。含有丰富矿物质的海盐非常适合作为调味料，其中我最喜欢并且常用的，便是不经加热处理、只靠太阳与风的力量自然成形的日晒粗海盐。

　　盐可以很轻易地提引出蔬菜的滋味。

　　刚收成的当季蔬菜不仅味甜，也有很好的香味，只要用盐调味就足够让人觉得美味。高汤粉或其他调味料反而会妨碍蔬菜原本的滋味。越是以自然方式栽培的蔬菜，越不要使用调味料，才能享受到蔬菜原有的味道。

就像牛蒡、南瓜、马铃薯等，总是被干烧成甜甜咸咸的，让人吃不出它们原来的滋味。其实只要用盐调味，就可以发现很多蔬菜所拥有的惊人美味。

不管是何种蔬菜，切成1厘米左右的宽度后，撒上适量的盐与橄榄油，再放进200度的烤箱里烤到漂亮的微焦，就会变得非常好吃。

洋葱、青椒、茄子、牛蒡、莲藕、栉瓜、南瓜、马铃薯、胡萝卜、菇类等，都非常适合上述烹煮法，我要特别在此推荐。另外，和牛至、百里香一起烧烤的料理，是搭配红酒的绝妙下酒菜，也可以成为常备的家常菜。像我很喜欢吃的法国面包三明治，就夹有烤过的褶叶莴苣和芥末粒。

盐炒土当归丝

　　说到炒丝料理，一般都会用酱油与味淋炒煮，成为带着甜味的食物。但是我推荐只用盐炒，因为那样可以清楚地吃出蔬菜的美味。

　　几乎所有蔬菜都可以只用盐炒，尤其是有个性的蔬菜，用盐炒过后，即使变凉了也很好吃，更是非常好的下酒菜和便当菜。

土当归、麻油、日晒粗海盐、白煎芝麻。

一、土当归连皮切成薄片，几片叠在一起切成丝。注意，即使变色也不要泡水。

二、用平底锅热麻油，把前项材料放进锅内炒，加盐调味，再撒上白煎芝麻就完成了。

干货的用法

蔬菜或菇蕈类、海藻、豆类经过干燥后，因为水分蒸发而使甜度浓缩，不仅会产生独特的口感，也利于保存。例如干萝卜丝、干葫芦条、干香菇、高野豆腐，等等。这些干货经常被用于一般的日本料理或日本乡土料理中。

干货是素食料理中的高汤素材，也常被用来做成"仿荤素菜"。所谓的"仿荤素菜"，就是以植物性的食材做成以肉类或鱼贝类为素材的料理。例如以高野豆腐做的猪排、干葫芦条做的照烧盖饭、干贝风的干萝卜丝、干香菇做的炸鸡块，等等，这些都是烹饪教室里深受同学们喜爱的菜色。

重新评估常被煮成甜咸口味的干货调理方式后，只要善加利用干货本身的美味与纤维感，好好地烹调，就能让干货变身为人人喜爱的菜色。植物性干货因为完全没有动物性食材的独特气味，有些人甚至会认为，用它们烹调出来的料理比使用肉类或鱼贝类的料理更加美味。

对我而言，高野豆腐是鸡胸肉，干葫芦条是猪肉，干香菇是鸡肉，干萝卜丝是鱿鱼干或干贝。所以，我可以做出普通人想象不到的料理。

我用干葫芦条做出来的仿荤素菜尤其受到好评。干葫芦条除了可以用照烧的方式烹调外，还可以煮出培根口味，或像煮牛肉烩饭似的，用炖煮的方式料理。尤其是用照烧的方式烹煮时，没有人会怀疑自己吃到的其实不是肉。

很多人都以为，干葫芦条只能用来绑炖煮的食材，或是包在寿司里，不知道干葫芦条的真正味道是什么，甚至有人不知道它是何种蔬菜做成的。*所以，在知道自己吃的是干葫芦条时，总会大为吃惊。

其实干葫芦条就是葫芦做的，在剥除果实、晒干之后制成。生葫芦没有独特的气味或口感，吃起来和冬瓜差不多。可以拿来煮味噌汤，也很适合炖煮或凉拌。

在天气好的日子里，把切薄的蔬菜排在笸箩中晾晒一至两天的时间，虽然没有干货那么干燥，但也很好吃。

因为已经有日晒这项准备，所以不仅可以缩短烹煮时间，吃起来还会有嚼劲，也可以提引出食材本身的甜味和深度。干燥过的食材在炒的时候不会出水，很轻易就可以做出美味的料理，是非常棒的食材。

★编注：日文中干葫芦条写作かんぴょう（干瓢），从字面看不出与葫芦的联系，所以会有人不知道干葫芦条是用什么制成的。

烧烤干蔬菜

气温稍微降低时，湿度会跟着下降。所以说，天气晴朗、有风的冷天，是晾晒蔬菜的绝佳日子。

只要把晒好的干燥食材装进塑料袋，就可以放入冰箱中保存三至五日。

栉瓜、红椒、卷心菜、萝卜、胡萝卜等；日晒粗海盐、橄榄油。

一、蔬菜切成适当大小，撒少许海盐后晾晒干燥。

二、把蔬菜排列在抹好橄榄油的平底锅上，将蔬菜烘烤到两面微焦，再撒上海盐。

注意：有甜味的蔬菜容易烤焦，要特别注意烘烤的火候。

干贝风干萝卜丝

炒干萝卜丝比煮干萝卜丝好吃数倍！

重点在于复原干萝卜丝的方法。千万不要泡水！如果只靠洒水让干萝卜丝恢复到含水状态的话，甜味就不会跑掉。

干萝卜丝（切得越细越好）、朴蕈；日晒粗海盐、面粉、无特殊气味的油、酱油。

一、将干萝卜丝放在筲箕中，充分洒水后放置一阵子。待干萝卜丝恢复到含水的状态，再切成适合入口的大小。

二、加少许盐到萝卜丝中，再轻轻撒上面粉。

三、加热平底锅中的油，把切成和萝卜丝同样长度的朴蕈放入锅中一起炒，再加入盐、酱油调味。

为了不依赖别人活下去

死亡，必定附带着导致死亡的原因。

死一定与疾病、衰老、受伤等肉体上的因素有关，否则就不会导致死亡吧？如果身体健康，而且肉体上也没有任何伤害的话，就很难让肉体走上死亡之路吧。

道理确实是这样，但是某人的祖父却在九十几岁时，突然死了。那位老先生身体健康，身上没有任何病痛，他在死前一天知道自己要死了，便在晚餐时吃了两个自己喜欢的咸味小红豆萩饼麻糬。在向家人们告别后，老先生像平常一样上床睡觉，但是翌日早上却没有像平常一样醒来。他离开人世了。

报纸报道这件事时，形容这是理想的死亡。这样的死亡虽然很少见，但是偶尔还是会有的。

为了接近那样的死法，我想象过自己死亡时的模样。

当"时间到了"的感觉来临时，我想一边整理所有物，一边向它们道谢。还想一边打扫房子，一边向房子说谢谢。然后在死前的晚上，像平常一样吃饭、谈笑、洗澡，换上新的白色睡衣，什么也不想地和平常一样上床睡觉。然后在翌日的太阳上升前数秒钟，静静地上路。像没有发生任何事似的，又是一天早晨的开始。

那时的我会是几岁呢？

我的理想是能够一直工作到死为止，并且像树叶自然飘落一样离开人世。我想要自然自觉地死亡。我不需要丧礼的仪式，不需有人为我念经，也不用取法名。只要以白色的花陪伴着我的棺木，就感到很满足了。

二十几岁的时候，我曾经受到某一出戏剧的影响，希望死的时候有心爱的人在身边握着我的手，然后在我一一谢过身边的人之后，咽下最后一口气。不过，现在的我宁愿一个人独自严肃地迎向死亡。那些感谢的话，则要在还活着的时候，就常常对身边的人说。

人们总把谈论死亡视为禁忌，但我以为，谈论死亡和谈论梦想是一样的。我不仅会以死亡为话题，还觉得想象死亡时的情形并不是坏事。就像梦想说多了可能会实现一样，我认为，经常想象死亡的情形，可以让想象的情景趋于现实。

我希望能够像毕业般开心地迎接死亡，而不是因为熬不过疼痛之苦而死。

禅　粥

　　禅粥是加了杂粮或谷物的粥。吃这样的粥时，最适合配咸的腌萝卜和咸梅子吃。常常吃禅粥可以洗濯净化身心，成为能够自觉到死亡的人。

糙米、稗、小米、玉米、小红豆、预先泡过水的黑豆、黑芝麻、日晒粗海盐。

一、用厚平底锅慢慢炒糙米至裂开。

二、把炒好的糙米放进陶锅，加入杂粮、豆子和充分的水，煮约一个小时。

三、盛入碗中，撒上黑芝麻与盐即可。

不使用高汤做菜

　　我曾经以为，料理好吃的原因在于高汤，所以会用柴鱼或昆布谨慎地熬出高汤，或用肉骨、蔬菜、香草熬煮几个小时，以做出美味的汤头。为了不损及高汤或汤头的美味，蔬菜还要经过泡水、汆烫的过程。总之，我以为高汤的甜味就是烹调的中心。

　　甜味，确实是美味的要素。

　　当我开始只想靠蔬菜或豆类、谷物做料理时，发现完全不使用鱼、肉的植物性高汤或汤头，确实不如用动物性食材做出来的高汤或汤头的味道来得甜。

　　所以我以为，素菜或素食料理的味道不够好，是因为植物性高汤不够美味。

　　可是有一天，我突然产生一个想法："是不是就因为太依赖高汤了，所以没有办法完成美味的蔬菜料理呢？"在开始厌恶把一堆美味食材放在一起调理，于是减少油的用量及食材的数量之前，我已先被简单朴素的料理所吸引了。

不使用高汤的甜味而烹调出美味料理的要点，就是要充分提引出食材原本的滋味，然后以此为基本，添加能与食材产生协调滋味的调味料或香料。

我想做的蔬菜料理，是以蔬菜自身为食材，利用炒、烤、蒸、煮的方式加热蔬菜中所含的水分，让蔬菜的自然滋味凝聚在一起，借此提引出蔬菜的美味。在这样的基本烹调法基础上，再加入不会损坏蔬菜原本滋味的调味料。

从高汤的束缚中获得解放的料理，就像从世俗概念中解放的人终于得到了自己的人生，能够好好品尝食物原本的美味了。

就像化妆可以掩盖容颜的缺点，达到某种美化的效果一样，高汤可以消除食材本身的某些特殊味道，帮助任何食材达到一定程度的美味水平。这是高汤的可贵优点。但是，高汤也会让任何料理的余味都变得一样甜，让人难以享受到食材本身纤细的滋味与香气。

以素颜拍摄电影的某位女演员在接受访问时说："以不化妆的素颜演出，对我有很大的帮助。开心的时候，脸色自然泛红，谁看了那样的脸色，都知道那是开心的表情。悲伤的时候，脸部的皮肤就会失去光彩，看起来就很悲伤。如果化了妆，就不容易让人看懂那样微妙的表情了。"

　　我觉得烹调的道理也是这样。必定要拿掉高汤的辅助，才有可能品味到蔬菜本身的滋味。

不用高汤煮新马铃薯

带皮的马铃薯被充分炒过之后，自身的美味就会被释放出来，以此代替高汤成为美味的基底。在马铃薯发出"已经变好吃"的香味信号前，不妨喝着红酒，哼着歌，享受和马铃薯约会的时间吧。

新马铃薯*、土当归、白皮洋葱、麻油、水、酱油、山椒芽。

一、准备有盖子的厚锅，加热麻油，把切成梳子型的白皮洋葱放进锅里炒。洋葱炒到有点上色后，加入切成滚刀块的马铃薯和土当归一起炒，然后慢慢加水入锅中。盖上锅盖，煮到马铃薯软了为止。

二、加入酱油与前项食材混合，让食材吸收汤汁。待水分变少后，撒上山椒芽即可。

★编注：泛指新长出的马铃薯，皮较薄，肉较脆。

神秘的米

　　我还是小学生的时候，必须走过一望无际的稻田风景，才能到达学校。春天来的时候，粉红色的紫云英开满田地；夏天时，田地如一大片绿色绒毯；秋天时，金黄色的稻穗熠熠生辉；冬天时，则可以用收成来的米做成年糕，把稻草扎成绳，挂在门前讨吉利。

　　出云大社*有一条非常大的稻草绳。那草绳拥有强大的调和能量，联系着地球的大地与宇宙。只要看到那条稻草绳，我就觉得，潜藏在心中、仿佛是世界本质的东西，被唤醒了。

　　亚洲的气温、湿度与风交织而成的神秘环境，孕育了支持着我们生命的稻米。

　　★编注：出云大社位于岛根县，供奉大国主。是日本最重要的神社之一。

在日文中，汉字"稻妻"的意思是闪电，来源好像是闪电的时候，电光打在稻上，稻子便结实了。但调查它的语源，竟是"稻的丈夫"。★

现实中，稻子开花的时候正是容易打雷的季节。在稻子的成长过程中，需要充分的阳光或气温，而打雷时候伴有放电，空气中的氮会因此而分解，然后被雨带到地面并溶入土壤里，帮助稻穗结实。

因为这样的气候而孕育出来的神秘稻谷，有着怎么吃也吃不腻的纯朴甜味与深奥的滋味。感受到米的甜味时，波动的情绪便会不可思议地平静下来。或许是因为米的甜味接近母乳的甜吧。听说小时候，邻居有一位男孩的母亲因为奶水少，便以糙米煮粥，用布滤过后，以糙米浆代替母乳喂食。

除了含有碳水化合物外，糙米的胚芽部分还含有维生素等丰富的营养物质。如果能够摄取足够的米饭，就算配菜少，营养也足够。充分摄取作为主食的米饭，似乎对身体还是好的。

不过，糙米对我的身体会造成压力，所以每次煮饭时，我总是用精米机将糙米碾成三分精米再食用。

★编注："稻的丈夫"写作"稻の夫"。此处"夫"、"妻"的发音从古日语的习惯，都念作"つま"。一般认为，现代日语中つま多指妻，稻の夫便渐渐成了稻妻。

用土锅炊饭

用砂锅、铸铁锅或珐琅铸铁锅等有盖子的厚锅煮饭，可以煮出特别好吃的米饭。煮好后的米饭不用保温，直接移到盛饭的桶子里让蒸气自然散掉，这样即使饭凉了，也很好吃。

米（自然农法米为佳）、净水、日晒粗海盐。

一、淘米入锅，加水及一小撮海盐，盖上盖子，开火炊饭。

二、水沸腾后转小火，炊煮 15 分钟。此时如果在盖子上加重物，增加一点压力的话，煮出来的饭会更韧。最后再焖个 10 分钟。

三、从锅底翻动米饭，移到饭桶中。

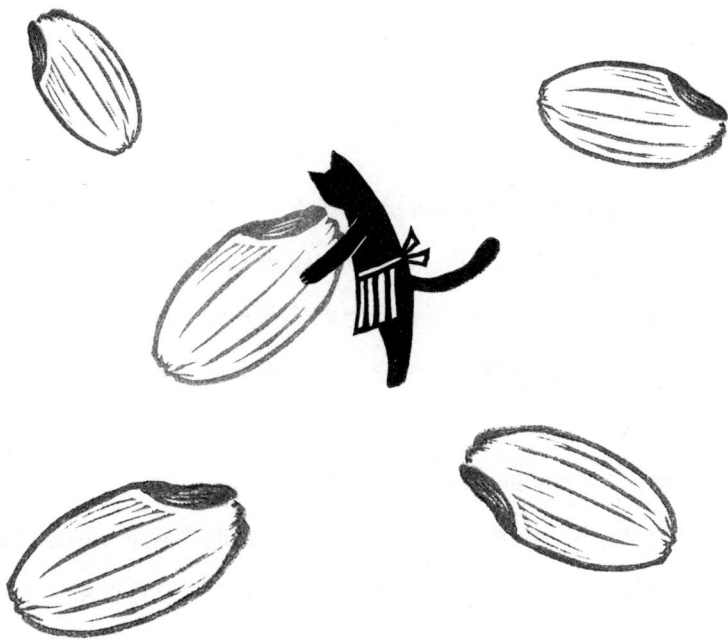

到底是中国菜呀！

　　从事烹饪工作时认识的朋友带我去了一家中菜餐厅。那并不是杂志介绍过的有名餐厅，只是一般路边的中餐厅而已。但我只吃了一口菜，就被震撼住了，因为厨师烹煮出来的食物有着十分协调的滋味。那是好像经过缜密计算才能呈现出来，纤细而深具平衡的滋味。

　　我想："它美味的秘密，是否来自温度呢？"

　　因为越过柜台，我看到厨房里主厨不断地动着炉子的温度调整杆，好像把所有精神都放在"保持一定的温度"这件事情上。

　　若是认真思考"烹调"这件事，便会发觉，它的本质就是温度。

　　面对食材时，必须认真思考要用怎么样的温度、烹煮多久的时间、让食材产生什么样的变化才好等问题。这是经验值的累积，也是烹调的基本。

烹调的本质是温度。

烹调的方式林林总总，煮、炒、炸、蒸、烤，等等。但是这些烹调方式的基本不同之处，到底是什么呢？我认为是温度。

在烹调食物时，我总是用全部的精神来注意温度给蔬菜带来的变化。一次次的经验就是我在创作自己想要呈现的滋味时的基础。

温度会带给蔬菜什么样的影响，与烹调器具及食材的切法有关系。

例如，使用传热性能优良的中华炒锅以大火炒切薄的蔬菜时，炒出来的蔬菜不仅色泽鲜艳、口感绝佳，还能提引出鲜嫩的美味。

相反的，厚厚的搪瓷锅适合烹煮切成大块的蔬菜。用小火煮，利用远红外线的效果慢慢把温度传到锅中，借着酵素促成糖化作用，引出蔬菜的甜味与奥妙的滋味。

一边烹调食物，一边了解用什么样的温度做出自己想要的菜色，这是非常重要的事。

我认为专心研究应该以何种温度来处理不同的食材，就能烹煮出自己的理想味道了。

烤整颗的洋葱

花时间加热，慢慢烤熟整颗带皮洋葱，烤出来的洋葱有入口即化般的口感，并且甜味十足。这道菜可以作为蔬菜全餐的主菜。

洋葱（或紫玉洋葱）、日晒粗海盐。

用锡箔纸将洋葱连皮整个包起来，放进高温的烤箱中烤40分钟至50分钟。烤好后，含有丰富植物化学成分的皮也可以食用。

用爱调味而成

用无农药有机栽培或自然农作法种植出来的蔬菜，不仅对我们的身体是安全的，还能带给我们最协调的滋味：不用特别花力气烹调，只要简单的动作，就可以做出非常好吃的食物。

不管是店里要用的还是家里要吃的，我都尽量采买不依赖农药、农家在自然的环境下用心栽种的蔬菜。

不过，我也很难百分之百用到无农药有机栽培或自然农作法种植出来的蔬菜，有时也会买到用了农药或化学肥料的。那种时候，我就会以加倍的爱心用心去烹煮。

不管是用什么方法栽种出来的，蔬菜的身体里都存在着独一无二的生命。若是认为"无农药栽培的是好蔬菜，使用农药的是坏蔬菜"，那就像是认为"在有爱的环境下成长的是好孩子，在没有爱的环境下成长的是坏孩子"一样，是不正确的想法。

不管是什么样的蔬菜、什么样的人，在遇到的时候，都应该以感谢的心认真去对待。

我相信"爱"拥有了不起的能量。爱能使不协调的事物转往协调的方向。所以我总是以爱来为食物做最后的润饰。

煮饭的时候，洗了米加了水之后，再以满满的爱与一点点盐一起撒入锅中，作为米饭的调味。

不管烹煮什么食物，在即将煮好、加入调味料调整味道后，我都会用自己想象中的最美之光与满满的爱，给食物做最后的调味。

在我看来，蔬菜之所以能够拥有超越人类知识与理解的营养、美味，完全都是爱的作用。

创造奇迹的喜悦泪水之汤

　　一滴喜悦的泪水，比世界上任何优秀的调味料更能创造出可以产生奇迹的美味。不过，一定要把这件事当作只属于自己的秘密。

　　喜悦的泪水、伏特加、纯净水（蒸馏水）、喜欢的汤。

　　一、做一道自己喜欢的汤。

　　二、滴一滴喜悦的泪水，完成。

　　在汤完成的那一瞬间，滴落喜悦的泪水。不过，喜悦的泪水并不是想要就可以有的，要预先保存下来。先用纯净水稀释喜悦的泪水，再加一点点伏特加，会有防腐和杀菌的效果。将喜悦的泪水装入有盖子的玻璃瓶中，可以保存于冰箱的冷藏室中达两个星期之久。

真正想做的菜

对我而言，烹煮食物并不是家事的一部分。

开始学习烹饪时，我是为了煮出如同在餐厅里吃到的料理，所以看了很多专业的食谱，并且忠实地重现每一道菜的做法，连一点小细节也不错过。

十五岁以后，我非常认真地思考自己的未来。进入大学与研究所后，则认真地学习心理学，开始探索人类存在的问题与宇宙的真理，对于烹调食物的想法也产生了变化。慢慢的，我不再在乎以前觉得美好的事物，反而是把简单而深奥的东西当成自己的目标。

我的烹饪随着我对这个世界与人生的想法的变化，一起进化了。

我现在的人生，因为丰富的个性而更起劲、更有活力。我希望能以此作为价值观的基础，迈向未来。

对于烹饪，我想做的是把食材的个性发挥到极限，利用各种食材或调味料做出协调而平衡、简单而让人深深回味的料理。

我觉得烹饪是截取生命瞬间的自我表现，烹煮食材就像用颜料在白色的画布上描绘内心的风景。对我来说，烹调是一种创作活动，也就是艺术。

如同创作故事需要有作为骨干的主题一样。以季节的变幻无常之美为形，享受蔬菜的颜色之美……烹饪把各种香气、味道组合在一起的全餐料理，和创作一部电影、一场交响乐是很相似的。

开始的第一道菜——百合根浓汤

烹煮蔬菜全餐，要从应季蔬菜之美和温和的滋味开始。

在经过焖煮引出美味的蔬菜中加入昆布高汤，只要用盐调味，就是一道"擂流"（日式浓汤）了。这样的汤味道清爽，又有余韵能让人回味，是一道深具魅力的前菜汤，非常适合当作全餐的第一道菜。

建议用有甜味的蔬菜来做擂流。例如，百合根、蚕豆、毛豆、青豌豆、甘蔗、南瓜，等等。

一、将百合根一片片剥下洗净放进有锅盖的厚锅中，加上分量是百合根三分之一的水及少许盐，盖上锅盖用小火焖煮。待百合根变软后，打开锅盖转大火，将水分蒸煮掉。

二、把百合根、昆布高汤及盐一起放进调理机中搅打至细滑即可。

以最棒的甜点结束——干柿皮片

　　我在"菜怀石仙"做过许多甜点，最受到欢迎与感动的便是干柿皮片。材料虽然简单，却是最棒的甜点，如糖果般浓醇的甜味让人惊叹不已。当我说明是用柿子皮完成时，几乎每个人都露出不敢相信的表情。

　　另外，把熟透软糊的涩柿子冷冻后，用电动调理机打成泥状，搀入浸泡过白兰地的柿子干后再次放进冷冻库中结冻，就变成柿子冰淇淋了。这也是一道很受欢迎的甜点，而且材料只需要柿子与白兰地。

　　熟透柿子的皮。

　　烤盘铺上烘焙纸，把柿子皮排放在纸上，用低温烘烤一个小时左右。待柿子皮烘干放凉后，就可以吃了。柿子皮咬起来脆脆的，很是可口。

后记 —— 我的健康论

我认为的健康，是与真正的自己紧密相连的。我认为，想要拥有健康就必须了解生存的目的，并且认真地活在当下，努力在现实的环境中实现自己的想法。

因此，在自然界生根的食物，与我们的生活方式、行为模式以及内心的想法，都变得非常重要。

身体没有病痛、成就被大众认同、不被金钱束缚、有房子可以遮风挡雨、工作上有贵人相助……没有比这些更让人羡慕的事了。但是，或许有人拥有了以上所有，却还离健康与幸福十分遥远。

因此我认为，只拥有东西或过去的经验，并不能感到真正的喜悦。

人的身体不是像神殿般的物体吗？

所有人的灵魂都是神圣的，都与宇宙的根源连接在一起。所以，我们吃的食物，就像是供奉给神殿的供品。

还有，人只是外表看起来是独立的个体而已，其实人和植物一样会受到环境的影响，并且与大地、空气息息相关。

使用能够配合地球的节奏协调生长的蔬菜，来烹调出创造生存能量的食物，认真地活在当下，成为爱的化身，是我一直以来的愿望。而现在站在厨房里的我，也是如此期待着。

狩野由美子（Kanou Yumiko）

天生喜欢烹饪，小学时期就经常自己摸索食谱，学习烹饪的技巧。高中时因为认识了自然饮食，于是被吸引到以蔬菜和谷物为中心的素食、蔬菜料理的世界中。

1995 年，狩野女士在东京的荻洼开店，名为"狩野屋"，专卖以自然发酵面包为皮、以蔬菜煮成的家常菜为馅的健康面包。

1999 年至 2000 年，狩野女士与妹妹在尼泊尔参与成立生态环保饭店。

2001 年在东京世田谷创立素食料理店"菜怀石仙"。

借着多年来对蔬菜料理的研究，狩野女士筑起自创的蔬菜料理世界，并以料理烹饪研究者的身份活跃于书籍、杂志与电视屏幕。

狩野女士现在每天都享受着与蔬菜相处的每一瞬间，同时经营餐厅，从事烹饪与写作的活动。

著作有：《蔬菜全餐》(小学馆)、《菜菜饭》(柴田书店)、《蔬菜好吃！一生的食谱》(日经 BP)，等等。

版画：猫野 Pesca

内文装帧：木丿下努 trom Aloha Design

图书在版编目（CIP）数据

蔬菜之神／（日）狩野由美子著；郭清华译 .——
杭州：浙江大学出版社，2015.5
ISBN 978-7-308-14537-4

Ⅰ.①蔬… Ⅱ.①狩… ②郭… Ⅲ.①散文集－日本
－现代 Ⅳ.①I313.65

中国版本图书馆 CIP 数据核字（2015）第064019号

蔬菜之神

[日] 狩野由美子 著　　郭清华 译

责任编辑	周红聪
营销编辑	李录瑶
装帧设计	蔡立国
出版发行	浙江大学出版社
	（杭州天目山路148号　邮政编码310007）
	（网址：http://www.zjupress.com）
排　　版	北京大观世纪文化传媒有限公司
印　　刷	北京中科印刷有限公司
开　　本	880mm×1230mm　1/32
印　　张	5.75
字　　数	103千
版 印 次	2015年5月第1版　2017年6月第2次印刷
书　　号	ISBN 978-7-308-14537-4
定　　价	35.00元